文學欣賞的新途徑

李辰冬——著

New Approaches to Literary Appreciation

三民書局

再版說明

五四以後，引進西方學術理論作為文學批評的根據，讓文學欣賞有了較具體的研究方法、理論依據。李辰冬先生受西洋文學批評理論影響，繼承了文學研究的新方法，跨領域廣泛吸收不同的研究方法，將「考據」帶入了文學欣賞，對於作者所處的生平、時代、地理環境、文物制度、政治背景、人生際遇等等無一不考究，待理解這些之後便梳理作品脈絡，論述作品的情感表現。評論作品，對作者的背景等外緣資料進行調查，在當時確實是新方法、新創見。

以晚清譴責小說《老殘遊記》為例，多數人大概皆以其為小說閱讀，說它最擅描寫人物風景，又說貪官可惡、清官更可惡云云。而李辰冬先生研讀該部作品，則在劉鶚的思想上投入更深的研究。李辰冬先生首先通讀前人對劉鶚生平的研究，了解他的為人思想，並佐以原書為證，而謂《老殘遊記》中黃龍子的思想就是劉鶚本人的思想。明白劉鶚的生平與其所處清末內憂外患最劇之時，方能知曉其創作原委，絕不只是如眾人所說的籌稿費以救人，謂其真正的創作動機乃是對於救國力不從心的哭泣，而得出「《老殘遊記》所體現的價值是劉鶚的大成思想」這樣的結論。

又如曹植〈洛神賦〉，多視其為人神殊途的愛情故事，但李辰冬先生提出，李善《文選》有不夠全面之處，《三國志》與其注也未將黃初年間曹植朝京之事說明白，若考量他遭誣的處境，以他請求文帝諒解的心態重讀〈洛神賦〉的話，這篇流傳千古的賦意義就昭昭易見了。

本書收錄李辰冬先生十八篇關於文學的論文，除詩歌詞賦、平話小說等作品賞析外，也包含文學史流變、文學創作方法等，深入淺出，引領讀者跨越與作者的時空隔閡，與作品產生共鳴。

三民書局編輯部　謹誌

自序

「意識決定一切」，是我終身研究文學的指標，拙著《文學新論》是如此，《陶淵明評論》是如此，《文學與生活》是如此，這裡所收集的十幾篇論文也是如此。只有發現了作者的意識才可以真正了解作品。

然為什麼稱這裡的十幾篇論文為《文學欣賞的新途徑》呢？因為欣賞與了解不同，了解僅是字面意義的知曉，而欣賞則要透過文字的意義追究出作者的意識而與之共鳴；要與作者的意識起了共鳴始可謂之欣賞。這裡的十幾篇論文，研究對象雖有不同而目標則是一致。追究作者的意識而與之共鳴，前賢似未走過，故稱之為「新」。至於是不是「新」，「新」的是否應該，尚乞讀者指正！

二十年來，我從「意識」的標向研究《詩經》，在《詩經》裡有極大的發現，但在這些篇論文裡隻字不提；因為問題太大，不是短短論文可以談論得了的。在《中國文化與中國文學演變的關係》一篇講演裡所提到的《詩經》，僅僅是我初步作《詩經》研究時所得的結論，與現在所講的《詩經》頗有不同；但為紀念這一階段研究的成果，仍然保存著原來的面目，不予更動；

然從此也可知道我們的路途並未走錯，只不過工夫的深淺而已。不久讀者讀到我的關於《詩經》論文時與此處所言不同，恐有所懷疑，故先作此聲明。

一九七〇年七月李辰冬自序於臺北

文學欣賞的新途徑

目次

怎樣欣賞杜詩〈春望〉

欣賞與了解不同；了解只是字句意義的了解，而欣賞要透過字句與作者的情感起共鳴。說得更明白一點，就是要追究作品的時代，作品的環境，甚而作者寫這篇或這部作品時的意識形態，而使讀者與作者站在同一的地位、同一的環境、同一的意識形態來享受作品中的情趣。且以杜詩〈春望〉為例，看看怎樣來欣賞作品。

〈春望〉的原詩是：

國破山河在，城春草木深。感時花濺淚，恨別鳥驚心。
烽火連三月，家書抵萬金。白頭搔更短，渾欲不勝簪。

要想站在作者的時代、環境與意識形態來欣賞這首詩，得先了解八項事實：第一、「國破山河在」的「國破」指什麼時候的事件而言，以明作者此時的時代環境；第二、「城春草木深」的「城」指什麼城，以明作者寫詩的所在地；第三、「感時花濺淚」的「感時」指的是什麼時事，以明作者當時所處的環境；第四、「恨別鳥驚心」的「恨別」是與誰離別，以明作者當時的心情；第五、「烽火連三月」的「三月」應作如何解釋，以明當時的戰爭情況；第六、「家書抵萬金」的「家書」是指誰的書信，以明作者與家人離別的情形；第七、「白頭搔更短」的「白頭」為何而來，以明作者當時的心情；第八、「春望」是在什麼地方望？臉朝那個方向？望什麼？以明作者當時的意識形態。謹先從第一個問題解答起。

〈述懷〉詩說：「去年潼關破，妻子隔絕久。」〈述懷〉詩寫於至德二載（西元七五七年）夏，所謂「去年」當指至德元載。潼關破在天寶十五載六月九日，六月十九日凌晨，玄宗自長安延秋門出奔四川，安祿山將孫孝哲於六月二十二日入長安，所謂「國破」，當從這個時候算起。國破山河在，就是京都雖說淪陷了，而山川土地仍然存在。

據《通鑑紀事本末．安史之亂》說：「乃遣孫孝哲將兵入長安。……祿山命搜捕百官宦者宮女等，每獲數百人，輒以兵衛送洛陽。王侯將相扈從車駕，家留長安者，誅及嬰孩。」這時王侯將相有的扈從玄宗赴川，有的被孫孝哲俘虜送往洛陽，有的被殺，所以〈哀王孫〉詩說：「長安城頭頭白烏，夜飛延秋門上呼。又向人家啄大屋，屋底達官走避胡。」這時的長安城幾乎變成了一座空城，所謂「城春草木深」是在表現淒涼的景象。

這時的長安城內，胡人橫行無忌，〈哀王孫〉詩說：「昨夜東風吹血腥，東來駱駝滿舊都。」；〈悲陳陶〉詩說：「群胡歸來雪洗箭，仍唱夷歌飲都市。」；〈哀江頭〉詩說：「黃昏胡騎塵滿城」，都是描寫胡人的瘋狂情形。同時，又有一批附逆之徒，壓迫人民，陷害人民，所以〈大雲寺贊公房〉四首之四說：「泱泱泥污人，狺狺國多狗。」在在都是使人愁苦感慨，所以說「感時花濺淚」，意思就是感慨時事，見春花而濺淚。由這一句，也可知作者一冬之不敢出門。

「恨別鳥驚心」的「恨別」，普通都解為與家人的離別，實際並不止此。〈哀江頭〉詩說：「清渭東流劍閣深，去住彼此無消息。人生有情淚沾臆，江草江花豈終極。」這是思想玄宗，寫與玄宗離別後的心情。〈哀江頭〉與〈春望〉為同一天的作品，所以這個「恨別」不僅止與家人的離別，也包涵著與玄宗的離別。〈哀王孫〉詩說：「不敢長語臨交衢，且為王孫立斯須。」〈哀江頭〉詩說：「少陵野老吞聲哭，春日潛行曲江曲。」知道作者自從陷在長安後，一冬不敢出門，現在春天來到，偷偷到曲江的僻靜地來看，聽到了春鳥的喧叫，不覺心裡感到震驚，故言「恨別鳥驚心」。

從天寶十五載六月到至德二載三月，戰事始終沒有停止，所以說「烽火連三月」。〈悲陳陶〉、〈悲青坂〉、〈塞蘆子〉，都是這時候的詩，也都是寫這時候的戰事。家書，一般都解作他妻子的書，實際不對。假如他至德二載三月接到妻子的信，不應該在〈述懷〉詩說：「寄書問三川，不知家在否？」〈述懷〉詩是至德二載六月間所寫，三月時剛剛接到妻子來書，怎麼六月間還寫信去問家在不在呢？詩又說：「自寄一封書，今已十月後。」十月，當非至德二載十月，因為杜甫於閏八月就回到三川羌村的家裡了，怎麼會是十月呢？所以十月，應是寄出信後的十個月，也就是指至德元載七八月間所寄的信。因為一年得不到妻子的信，妻子也一年多沒有接到他的信，所以於至德二載八月間回到羌村時詩言：「妻孥怪我在，驚定還拭淚！」既然不是妻子的信，然是誰的信呢？〈得舍弟消息〉二首說：「近有平陰信，遙憐舍弟存。」是得弟弟的信。弟弟的信不是也可說是「家書」麼？平陰是津名，在今河南洛陽東，所以詩言：「兩京三十口，雖在命如絲。」另有一首〈得家書〉，才是真正得妻子的信，然這已是至德二載六七月了。

〈奉謝口勑放三司推問狀〉說：「臣以陷身賊庭，憤惋成病」，正是此詩「白頭搔更短，渾欲不勝簪」的注解。因為陷身賊庭，終日愁苦，不僅是為家，而且為國，本來已經白了的頭髮，越搔越少，簡直承擔不了頭簪。這一時期的作品裡，都是表現著愁苦，如〈月夜〉詩說「雙照淚痕乾」，這固然是寫他在鄜州的妻子，假如他不在落淚，也不會想到他的妻子在落淚；〈悲陳陶〉詩說：「都人迴面向北啼，日夜更望官軍至。」正是描寫他那時的心情；〈避地〉詩說：「避地歲時晚，竄身筋骨勞。」寫他那時流離失所的情景；〈對雪〉詩說：「戰哭多新鬼，愁吟獨老翁。」；又說：「數州消息斷，愁坐正書空。」寫他那時的獨孤；〈元日寄韋氏妹〉詩說：「不見朝正使，啼痕滿面垂。」；〈得舍弟消息〉詩說：「烽舉新酣戰，啼垂舊血痕。」；「生理何顏面，憂端且歲時。」；〈憶幼子〉詩說：「憶渠愁只睡」；〈一百五日夜對月〉詩說：「無家對寒食，有淚如金波。」；「牛女漫愁思，秋期猶渡河。」；〈遣興〉詩說：「天地軍麾滿，山河戰角悲。」；〈雨過蘇端〉詩說：「杖藜入春泥，無食起我早。」；「諸家憶所歷，一飯跡便掃；蘇侯得數過，歡喜每傾倒。」；〈送率府程錄事還鄉〉詩說：「告別無淹晷，百憂復相襲。」；〈鄭駙馬池台喜遇鄭廣文同飲〉詩說：「留連春夜舞，淚落強徘徊。」都是寫這時的遭遇與病苦，無怪乎白髮要越來越少了。〈述懷〉詩說「親故傷老醜」，這「老醜」二字正是形容他這時的形態。

然春望，他是在什麼地方望呢？又望什麼呢？〈哀江頭〉詩告訴我們說「欲往城南望城北」。城南是指曲江池，這個地方的地勢最高。《讀史方輿紀要．卷五十三》於樂遊原說：「府南八里。其地最高，四望寬敞。……唐日樂遊園，其南即曲江池。」然為什麼要向北望呢？我們看看那時候的軍事情勢。《通鑑紀事本末．安史之亂》說：

二月戊子，上至鳳翔。上至鳳翔旬日，隴右、河西、安西、西域之兵，皆會江淮。庸調亦至洋川、漢中。上自散關通表成都。信使駱驛。長安人聞車駕至，從賊中自投而來者，日夜不絕。

長安在南，鳳翔在北，並且這時候的戰事都集中在河東，戰事又節節勝利，那麼，杜甫之所以北望也就不無原因了。朱德引陸游《筆記》說：「欲往城南忘城北，言迷惑避死，不能記其南北。」簡直是胡猜！

從以上的解釋看來，可知要欣賞一篇作品，得先決定這篇作品的寫作日期，然後把作者同一時期的作品歸納到一起，彼此互注，就可知道作者這一時期的意識，之後，再找歷史事實來參證，此時所作的考證，就不至捋奢附會了。

一九六九年五月於新加坡，原刊《新社季刊》一卷四期

杜詩〈述懷〉欣賞

喜歡文學的人往往不喜歡考據，喜歡考據的人往往只見樹木不見林，所以文學欣賞與考據還沒有發生密切的關係。作品是情感的表現，表現情感時須用許多事實來表達，而發掘這些事實就需要考據；然考據的最終目的是在發掘作者的情感，並不是雞零狗碎地解釋幾個字或幾件事實就算達到了考據的目的。一篇詩、一闋詞、一首曲、一齣戲或一部小說都有它整個的靈魂，一定得整個來看，才能真正發現作者的情感；可是現在解釋文學的人往往把一篇作品，大解八塊，上一句解通了，下一句解不通，某一個字解通了而全篇解不通，只注意到一點，卻疏忽了全面。解釋一句詩、一個字，必須同時注意全篇，甚而作者的全部作品，這樣，才能注解出詩的整個靈魂，也才能站在作者的立場來欣賞他的作品。欣賞與了解不同，了解僅是文字意義的知曉，欣賞則要透過文字的意義來追尋出作者的情感而與之共鳴。僅以杜詩〈述懷〉為例，看看怎樣使欣賞與考據發生密切的關係。〈述懷〉的原詩是：

去年潼關破，妻子隔絕久。今夏草木長，脫身得西走。
麻鞋見天子，衣袖見兩肘。朝廷慜生還，親故傷老醜。

涕淚受拾遺，流離主恩厚。柴門雖得去，未忍即開口。
寄書問三川，不知家在否？比聞同罹禍，殺戮到雞狗。
山中漏茅屋，誰復依戶牖！摧頹蒼松根，地冷骨未朽。
幾人全性命，盡室豈相偶？嶔岑猛虎場，鬱結迴我首。
自寄一封書，今已十月後。反畏消息來，寸心亦何有！
漢運初中興，生平老耽酒。沉思歡會處，恐作窮獨叟！

潼關破在天寶十五載（西元七五六年）六月九日，接著六月二十二日長安淪陷，這時，杜甫同他家人在奉先。奉先就是現今陝西蒲城縣，蒲城縣離潼關與長安都很近，所以他帶著家眷逃離到三川。三川故城在今陝西鄜縣南六十里。七月，肅宗在甘肅靈武即位，他聽到這個消息，就想赴靈武，不幸，這時「自京畿鄜坊至于岐隴」（見《通鑑紀事本末．安史之亂》皆行附敵，他被裹到長安，從此就與家人離別。〈述懷〉這首詩是至德二載（西元七五七年）八月在鳳翔寫的，所以說「妻子隔絕久」。〈彭衙行〉說「別來歲月周」，〈北征〉說「經年至茆屋」，可知都是事實。

杜甫在鳳翔拜左拾遺是至德二載五月十六日，那麼，他逃出長安當在五月初或四月底，也正是「今夏草木長」的時候。他離開長安是藏在大雲寺離開的，所以〈大雲寺贊公房〉四首之三說：「明朝在沃野，苦見塵沙黃。」他是在晚間偷偷離開的，所以〈自京竄至鳳翔喜達行在所〉說：「西憶岐陽信，無人遂卻回。眼穿當落日，心死著寒灰。」本來是死了心的，現得贊公和尚的協助又實現了自己的願望，正是「脫身得西走」的解釋。鳳翔在長安之西，故言西走。然為什麼要藏在大雲寺逃走呢？〈大雲寺贊公房〉四首之四說：「泱泱泥污人，狺狺國多狗。」怕這些投降賊人的走狗們知道而走不脫了。「脫身」兩個字的中間是有許多曲折的。

麻鞋，仇兆鰲引王叡《炙轂子》「夏商以草為屨」，並注說：「屝屨也，至周以麻為之，謂之麻鞋，貴賤通著。」如此注釋，給人一種印象以為唐時的貴賤都穿麻鞋。實際不然。〈大雲寺贊公房〉四首之二說「細軟青絲履」，杜甫這時穿的是「青絲履」。然為什麼「麻鞋見天子」呢？《新唐書》本傳：「肅宗立，自鄜州羸服欲奔行在，為賊所得。」羸服是貧賤的人所穿的衣服，麻鞋就是這種人所穿的鞋。他為逃難，怕人識破面目，故改為羸服。他從鄜州奔赴靈武時穿的是羸服，現在由長安逃赴鳳翔，更須要穿羸服。他是晚間動身的，走的又是少人行走的「間道」，所以〈自京竄至鳳翔喜達行在所〉之二說「間道暫時人」。他在樹林裡摸黑走，所以前詩之一又說：「茂樹行相引，連山望忽開。」從長安到鳳翔是三百八十里，他走多少天不知道，但終日在山林裡摸著走，衣服自然掛破，所以說「衣袖見（音現）兩肘」。並不是像仇兆鰲引申涵光說的：「麻鞋見天子，衣袖露兩肘，一時君臣草草，狼藉在目。」穿麻鞋只是杜甫寫他自己到鳳翔時朝見天子的情形，滿朝文武並不都是如此。

他淪陷在長安有八九個月之久，在這期間，所見、所聞、所思，無不是忿恨與愁苦，甚至因忿恨而得病。〈春望〉說「白頭搔更短」，從「搔更短」三個字，可知他愁苦忿恨的程度，終日愁苦和忿恨，自然要變老變醜，「親故傷老醜」的「老醜」就由此而來。朝廷，指朝中的君臣。他是千辛萬苦，冒著生命的危險從賊中逃出來的，「辛苦賊中來」，正是寫他這次冒險的情形，所以「朝廷慜生還」，朝中的君臣上下都憐慜他這種精神。

杜甫在鳳翔所拜的是左拾遺。誥的原文是：「襄陽杜甫，爾之才德，朕深知之。今特命為宣義郎，行在左拾遺。授職之後，宜勤是職，毋怠命。中書侍郎張鎬齎符告諭。至德二載五月十六日。」（據清吳景旭《歷代詩話．卷四十四》所引）他是在流離失所之下接受這個誥書，對天子的恩德感激得流淚，所以詩言：「涕淚受拾遺，流離主恩厚。」

柴門，指在三川的家。雖得去，是可以回去的意思。他拜左拾遺是在至德二載五月十六日，那麼，我們檢查一下這時的戰爭情況，就可知道他為什麼要說「得去」了。《通鑑紀事本末．安史之亂》於至德二載二月說：「郭子儀自洛交引兵趣河東，分兵取馮翊……遂平河東。」洛交，就是唐時鄜州的州治，三川在它的南邊六十里。這個地方於至德元載七月時陷賊，現在由郭子儀平定，所以杜甫可以回家。可是這時剛受職拾遺，不便開口，故言：「柴門雖得去，未忍即開口。」

「寄書問三川，不知家在否？」是經過了戰亂，不知道家是否還在原來的地方。然這封信是十月前寄的，所以下邊又說：「自寄一封書，今已十月後。」

「比聞同罹禍，殺戮到雞狗。」比聞，是近聞，指寫這首詩時的八月。但據《唐書．肅宗紀》所載的戰況，八月間沒有在鄜州作戰的紀錄，想係十個月來接不到家信，焦慮異常，七月「賊將安武臣攻陝郡，楊務欽戰死，賊遂屠陝。」（見《通鑑紀事本末．安史之亂》），遂有鄜州也「殺戮到雞狗」的傳聞。〈北征〉說：「坡陀望鄜時，巖谷互出沒。……夜深經戰場，寒月照白骨。」這是他閏八月時所見到的景象，假如八月時在這裡作戰，一個月的期間，屍體不可能就變為白骨。所以「比聞同罹禍，殺戮到雞狗。」一定是傳聞之辭。〈得家書〉就說：「去憑遊客寄，來為附家書。今日知消息，他鄉且舊居。熊兒幸無恙，驥子最憐渠。」這是稍後得到的家書，可知家人都還平安。

三川在鄜州南六十里，而鄜州在群山之中，所以詩言：「坡陀望鄜時，巖谷互出沒。」鄜時即在鄜州。漏茅屋，指杜甫所住的家，與上言「柴門」正合。「依戶牖」而望者為杜甫的妻子。他的子女都小，還不知道想他，所以在長安時寫的〈月夜〉說：「今夜鄜州月，閨中只獨看。遙憐小兒女，未解憶長安。」杜甫想著他的家人盡亡，妻子也不能依戶牖而望他回來，所以說：「山中漏茅屋，誰復依戶牖！」

山中多松，人死後就在松樹下，掘土埋葬，掘土時自然要摧折到松根，這些松根也就和土將人埋葬。摧頹，腐折的意思。「摧頹蒼松根」，就是腐折的蒼松根下面。杜甫以為他全家都死光了，可是土是冷的，希望冷土能保持骨肉不會那麼快就腐爛，所以說「地冷骨未朽」。盡室是全家的意思。〈彭衙行〉「盡室久徒步」的「盡室」也是作全家講。「幾人全性命，盡室豈相偶？」就是幾個人還活著呢？全家怎麼還能見面呢！嶔岑，形容山高，高山中多虎，所以說「嶔岑猛虎場」，此指鄜州而言。鬱結，心裡結成一個疙瘩。「鬱結迴我首」，就是當回想家裡的時候，心裡變成了一個疙瘩。

他寄信到三川，本來是問家是否還在那裡，可是等了十個月沒有消息，如今聽說全家遇害，連雞狗也被殺掉，反而怕信息來了。因為凶多吉少，真的噩耗來到，叫我還有什麼心活下去呢！「寸心亦何有」，就是那還有心活下去的意思。

肅宗的即位，杜甫比作周宣王漢光武的中興，所以這時期的詩中常常用「中興」一詞。如〈自京竄至鳳翔喜達行在所〉「新數中興年」，〈送靈州李判官〉「近賀中興主」，〈北征〉「君誠中興主」都是。「漢運初中興」是指唐運初中興，因為現在才是肅宗即位的第二年。杜甫的性格是「嫉惡懷剛腸」，這種性格最不適宜作官，然他為了國家，為了民生，也為了自己的生活不得不作官，因而使他終身處於矛盾衝突的苦悶中。他至德二載五月十六日剛剛拜左拾遺，六月一日，就為房琯的罷相上書諫諍，說話太耿直了，就引起肅宗的惱怒，雖是後來赦免了他的罪過，但從此肅宗也就不喜歡他。他說「生平老耽酒」，並不是沒有原因的。他這次請假回三川，固然是思念家室，而真正的原因，還是「我無匡復資，聊欲從此逝。」（〈送樊二十三侍御赴漢中判官〉）；「傷哉文儒士，憤激馳林丘。」（〈送韋十六評事充同谷防禦判官〉）；「兵戈猶在眼，儒術豈謀身。」（〈獨酌成詩〉）。所以〈留別賈嚴二閣老兩院補闕〉說：「田園須暫住，戎馬惜離群。去遠留詩別，愁多任酒醺。」他之耽酒是由於「愁多」，絕對不是單為思家。回家本為歡會，據傳家人都被殺光，回到歡會的地方，恐怕要變成既窮苦又孤獨的老頭，所以結尾說「沉思歡會處，恐作窮獨叟！」這是多麼的悽慘！

以上我盡量想從山川形勢、地理環境、歷史事實、政治背景、文物制度、思想情感與辭彙運用來解釋這首詩，務期讀者能站到杜甫寫這首詩時的意識形態來欣賞它；但作到什麼程度，就請讀者指正了！

原刊《新時代》第十卷第三期

杜詩〈喜達行在所〉三首欣賞

西憶岐陽信，無人遂卻迴。眼穿當落日，心死著寒灰。霧樹行（音航）相引，連峰望忽開。所親驚老瘦，辛苦賊中來。

愁思胡笳夕，淒涼漢苑春。生還今日事，間道暫時人。司隸章初覩，南陽氣已新。喜心翻倒極，嗚咽淚沾巾。

死去憑誰報，歸來始自憐！猶瞻太白雪，喜遇武功天。影靜千官裡，心蘇七校前。今朝漢社稷，新數中興年。

欣賞與了解不同，了解僅是字面意義的知曉，而欣賞是要透過作品與作者的情感起共鳴。說得更詳細一點，就是要站在作者的環境、作者的思想、作者的情感來讀他的作品。我們在欣賞一篇或一部作品之前，必先清楚作者所處的環境以及他在怎樣的意識形態之下完成他的作品。事先的準備工作作得愈精細愈好；否則，不能謂之欣賞。試以這種標準，將杜甫的三首〈喜達行在所〉作一欣賞。

此詩寫於唐肅宗至德二載（西元七五七年）四月，時杜甫在鳳翔。玄宗天寶十五載（西元七五六年）的時候，安祿山叛亂，六月二十二日長安淪陷，玄宗奔赴四川，七月，太子在甘肅的靈武即位，是為肅宗，改年號為至德。這時，杜甫在陝西鄜州，聽到肅宗即位的消息，就想去靈武，不幸鄜州的官軍都投降了賊人，不知怎樣，他被裹脅到長安，一直到至德二載四月，才找到機會逃到鳳翔，因為這時肅宗的行在已遷到這裡了。他是從長安城西的金光門逃走的，所以他有一首詩就叫〈至德二載，甫自京金光門出，道歸鳳翔。乾元初，從左拾遺移華州掾與親故別，因出此門，有悲往事〉。此詩言：「此道昔歸順，西郊胡正煩。至今殘破膽，猶有未招魂。」他講「胡正煩」，那末，我們再看這時的戰爭情況。《通鑑紀事本末．安史之亂》說：「夏四月，上以郭子儀為司空，天下兵馬副元帥。李歸仁（安祿山將）以鐵騎五千邀之於三原北。子儀使其將僕固懷恩、王仲昇、渾釋之、李若幽等伏兵擊之於白渠留運橋，殺傷略盡。子儀與王思禮軍合於西渭橋，安守忠、李歸仁軍於京城西清渠。」當時的戰爭情況是如此緊張。乾元初年是至德二載的次年，隔了一年，他提起此事，還要心驚膽戰，當時的危險程度可想而知，所以這三首詩的全題目是〈自京竄至鳳翔喜達行在所〉，「喜」字是有深厚意義的。

知道了他當時的環境，以下再透過字句來與他的情感起共鳴。

岐陽，就是指鳳翔，因為鳳翔在周時稱為岐州，它在岐山之陽，故稱岐陽。周太王是從這裡發跡的，杜甫也希望唐室能從此中興，故以古稱來代鳳翔。這時長安與鳳翔的交通已經斷絕，鳳翔的消息只能從信息中知道，所以杜甫在〈避地〉詩說「行在僅聞信」。鳳翔在長安的西邊，他是在長安想到了鳳翔的消息，故言「西憶岐陽信」。卻迴，是回歸的意思。長安淪陷了，現在皇帝在鳳翔，國家的中心所在，故赴鳳翔為迴鳳翔。「無人遂卻迴」，就是在沒有人注意的時候，偷偷地回到了鳳翔。杜甫淪陷在長安時的生活非常地不安定，他一方面在〈避地〉詩說「避地歲時晚，竄身筋骨勞」，另方面又在〈得舍弟消息〉二首之一說「側身千里道，寄食一家邨。烽舉新酣戰，啼垂舊血痕。不知臨老日，招得幾時魂」。他這樣的東躲西藏為的怕賊人以及降賊的走狗們知道。他是躲藏在大雲寺而逃出長安的，所以他在〈大雲寺贊公房〉四首之三描寫當夜整夜睡不著的情形說：「燈影照無睡，心清聞妙香。夜深殿突兀，風勁金琅璫。天黑閉春院，地清棲暗芳。……梵放時出寺，鐘殘仍殷床。明朝在沃野，苦見塵沙黃。」又於之四說：「奉辭還杖策，暫別終回首。泱泱泥污人，狺狺國多狗。」泥污人、國多狗，就是指這批降敵的人。他怕他們曉得他的行蹤，故言「無人遂卻迴」，在沒有人注意的當兒，偷偷到了鳳翔。「西憶岐陽信」，是指未離開長安時的情形，「無人遂卻迴」，是回到了鳳翔後的陳述。

他是當天晚間逃走的，因而希望日頭早點落山，故言「眼穿當落日」，當太陽落山的時候，望眼欲穿地希望它快點落下。他淪陷在長安大概有十個月之久，無時無刻不想逃走，然而次次都失敗了，在幾乎死了這條心的時候，得到機會逃走，故言「心死著寒灰」，已經死了的心現在死灰復燃，又有了希望。他是四月間逃走的，四月間早晨的樹林間有霧，故言「霧樹」。因為有霧，看不見前邊的路，只有摸著樹的行列往前走，等於樹在引路，故言「霧樹行相引」。

他是經過太白山、武功山到的鳳翔，山峰一個接著一個，故言「連峰」。鳳翔的地勢是四面高山，中間一片大平原，山峰走完了，忽然見到平原，故言「連峰望忽開」。他淪陷在長安時，既貧窮，又愁苦，生活且不安定，中間還得了一場病，因而變成又老又瘦。〈春望〉詩說「白頭搔更短」，〈述懷〉詩說「親故傷老醜」，此詩說「所親驚老瘦」，都是寫實。所親，當指房琯這些人而言，房琯是他的舊友，這時作著宰相。他是將死置之度外而逃到鳳翔的，「辛苦賊中來」，要包含多少辛酸苦痛！

以上第一首。

「愁思胡笳夕，淒涼漢苑春。」是回憶在長安時的情景。〈悲陳陶〉詩說：「群胡歸來雪（原作血，宋本注『一作雪』，是，因為這時是冬季）洗箭，仍唱夷歌飲都市。」可知胡人在長安的猖狂。胡笳，是胡人所吹的樂器，他們在長安「唱夷歌」的時候，自然要吹胡笳。「愁思胡笳夕」，就是晚上呢在胡笳聲中發著愁思。《三輔黃圖》說「漢有三十六苑」，杜甫以漢時的宮苑比喻當時的。〈哀江頭〉詩說：「江頭宮殿鎖千門，細柳新蒲為誰綠。」這是描寫當時的長安情形，那時正是春天，故詩言「淒涼漢苑春」。「愁思胡笳夕」是寫晚間，這一句是寫白天。在這種情形之下怎能生活呢？於是決心逃走，所以下邊接著說：「生還今日事，間道暫時人。」間道，是危險而很少人行走的路，為避賊人，也只有走這種路。在這種路上行走，還不知道什麼時候就要死去。今天還能活著回來固然成了事實，但在間道裡的時候，實在只是過一刻說一刻暫時作個活人吧！

司隸原是周朝的官職，權柄並不大；但至後漢，除三公外，司隸的地位最高。「建議處九卿上，朝賀處公卿下，主察百官之犯法者。」（見《通典．職官．司隸校尉》）杜甫是以周宣王漢光武的中興事業期待肅宗，所以常拿周漢的制度來比擬。章是采的意思。南陽，指洛陽，漢光武復興之地，比喻鳳翔。同時，鳳翔也在岐山之陽，也稱為南陽。「司隸章初覩，南陽氣已新。」就是主持百官法令的司隸初初露出了光采，鳳翔的氣氛已經嶄然一新。肅宗是至德二載二月才到鳳翔，現在是四月，故言「初覩」。現在看到一切的中興氣象，喜歡到極點的時候反而大聲哭起來，淚流滿面，故言「喜心翻倒極，嗚咽淚沾巾」。

以上第二首。

杜甫的逃歸鳳翔是不敢讓人曉得的，假如在路上死了，連個報信的人也沒有；痛定思痛，回頭想想，實在為自己可憐，故言「死去憑誰報，歸來始自憐」。太白山在武功縣西南九十里，武功縣在乾州西南六十里。乾州在長安西一百八十里，由此可知，太白山在長安西南三百三十里。武功山又在太白山南十里，武功山又在鳳翔東南五十里。統計杜甫從長安逃到鳳翔的路程是三百九十里。他走的是山徑小路，實際上，恐怕不止這些里數。《讀史方輿紀要．卷五十四》

引杜彥達說：「太白南連武功，最為秀傑，冬夏積雪，望之皓然，故云太白。」杜甫原有遊山玩水的癖性，如今雖在逃難，然能經過高達天際的武功山，又親眼看到太白山上的積雪，也是一件可喜的事，故言「猶瞻太白雪，喜遇武功天」。

千官，指官員，因人數多，故稱千官。杜甫在長安時，東躲西藏，得不到安靜的生活，現在回到鳳翔，安靜地可以處在百官之中，故言「影靜千官裡」。影指身影。七校是中壘、屯騎、步兵、越騎、長水、胡騎、射聲、虎賁凡八，胡騎不常設，故稱七校。七校都是武官，武官是捍衛國家的，現在看到了捍衛國家的七校，心裡得到了安全感，故言「心蘇七校前」。蘇作息講。仇兆鰲注為「蘇醒」，意義就欠通了。漢社稷指唐社稷。杜甫這時希望肅宗作為中興之主，故這一時期的詩裡常用「中興」一詞，如〈北征〉詩「君誠中興主」，〈送靈州李判官〉「近賀中興主」，〈洗兵馬〉「中興諸將收山東」，〈憶昔〉之二「周宣中興望我皇」，都是表現這種願望。這時是至德二載四月，肅宗即位才有一年的歷史，故言「今朝漢社稷，新數中興年」。

以上第三首。

作家的寫作，由於一股情緒要表現，而這股情緒必須先整理出一個條理，那一點先談，那一點後講，就像河流一樣有一定的自然軌道，才能表現得有條不紊，這種有條理的情緒，稱之為意識流。要想欣賞一篇或一部作品，必先追尋出這種意識流，才能順著一字一句，深入到作者的心靈而與他的作品起共鳴；否則，就是亂猜。比如這首詩的「西憶岐陽信，無人遂卻迴。」

〈九家集注杜詩〉引趙彥材說：「公在賊中，引首西望，欲知行在鳳翔消息，無人遂卻自鳳翔回得以問也。」解釋得多末迂曲！王嗣奭〈杜臆〉說：「岐陽即鳳翔，以無人遂回，故不得其信。」楊倫《杜詩鏡銓》說：「遂卻，猶言即便。岐陽，即行在處。遙憶之而無一人來，故思之迫切如此。」劉中和《杜詩研究》又說：「開始兩句，以前的解釋有許多不正確，事實上是：杜甫本想由岐陽逃往鳳翔（岐陽在鳳翔之東百里），託人去打聽岐陽路上淪陷區封鎖處，可以秘密過去的路線。所託的人一去無回，渺無音信，所以杜甫只好『卻回』，不敢從岐陽路上走。」鳳翔原名岐州，亦曰扶風，至德二載，肅宗駐在這裡，故改為鳳翔。劉先生認岐陽與鳳翔為二地，錯了。以上各說，都是在字面上猜。假如我們把杜甫淪陷在長安時的作品統統作一繫年，就發現了他在這一時期的作品有一共同的意識，就是憂國思家；既然憂國思家，自然要設法逃出淪陷區的長安，所以一則說「行在僅聞信」，再則說「西憶岐陽信」，因為他念念不忘行在，故而接著說「無人遂卻迴」。這是多末自然的思路。

再如「眼穿當落日」，《九家集注杜詩》說：「惟其無人可問，則徒眼穿心死而已。」既然心死了，怎麼接下邊的「霧樹行相引，連峰望忽開。所親驚老瘦，辛苦賊中來」呢？解釋上句不顧下句，解釋下句不顧上句，這能算是解釋麼？《杜詩鏡銓》又引朱注說：「鳳翔在京師西，故曰當落日。」然為什麼說「眼穿當落日」呢？只注意「當落日」，而又忽略了「眼穿」。再如「心死著寒灰」，《杜少陵集詳注》既引莊子「心可如死灰乎？」又引鮑照詩「寒灰滅更燃」，二者意義迴不相同，到底應該怎樣解釋呢？可見他也不知道應該怎麼解，只有糊里糊塗地二者都引來。

作品繫年為了解作品的最基層工作，也是了解作品的唯一道路。這種道路，近幾十年的西洋文學批評界已經知道了它的重要性。比如英國詩人葉芝 (W. B. Yeats) 的作品最難了解，因為他不僅取材料於神話的與通神的世界，而且取材於他私人生活與現代的愛爾蘭史，不是專家，簡直無法讀得懂。可是自從批評家利用作品繫年方法後，他的神秘卻被發現了。安得雷克 (John Unterecker) 在《葉芝導讀》(*A Reader's Guide to W. B. Yeats*) 一書的〈致讀者〉裡就說「讀葉芝詩，最好的辦法是像讀小說，從第一頁開始，順著作者所編的次序讀下去。這也是葉芝自己希望讀者讀他作品時的方法。詩篇與詩篇之間有著密切的關聯，漫無計劃的亂讀，才產生許許多多無謂的誤解。」作品繫年這種工作，在我國還不流行，所以解詩大都憑著猜。我想用這種方法來欣賞杜詩，看看對杜詩能否有深一步的了解，敬請讀者賜正！

一九七〇年四月十二日於臺北

曹子建〈洛神賦〉的意義

曹子建的〈洛神賦〉被李善在《文選》注釋以後，它的意義就被蒙蔽了。現在先把那篇注釋作一檢討，看看它的錯誤在那裡，然後再求〈洛神賦〉的真正意義。李善的那篇注是這樣的：

> 魏東阿王，漢末求甄逸女，既不遂，太祖回與五官中郎將。植殊不平，晝思夜想，廢寢與食。黃初中入朝，帝示植甄后玉鏤金帶枕，植見之，不覺泣。時已為郭后讒死，帝意亦尋悟，因令太子留宴飲，仍以枕賚植。植還，度轘轅。少許時，將息洛水上，思甄后，忽見女來，自云：「我本託心君王，其心不遂，此枕是我在家時從嫁，前與五官中郎將，今與君王。遂用薦枕席，懽情交集，豈常辭能具。為郭后以糠塞口，今被髮，羞將此形貌重睹君王爾。」言訖，遂不復見。所在，遣人獻珠於王，王答以玉珮，悲喜不能自勝。遂作〈感甄賦〉。後明帝見之，改為〈洛神賦〉。

這是一篇矛盾百出，完全不合事實的記載；然而自從李善這樣注釋〈洛神賦〉後，一千多年來，不僅使〈洛神賦〉的意義不可了解，而且成了普遍的故事，到現在電影裡還在演。我們先看這個故事之不合事實處。

第一、這篇故事開頭說：「魏東阿王，漢末求甄逸女，既不遂，太祖回與五官中郎將。」太祖，指曹操；五官中郎將，指曹丕；回，指曹操由鄴回兗州。曹操攻鄴在建安九年，我們且看那一年關於此事的記載。《三國志．魏書．甄后傳》：「建安中，袁紹為中子熙納之（指甄逸女）。熙出為幽州，后留養姑。及冀州平，文帝納后於鄴。」裴松之引《魏略》注說：

熙出在幽州，后留侍姑。及鄴城破，紹妻及后共坐室堂上。文帝入紹舍，見紹妻及后，后怖，以頭伏姑膝上，紹妻兩手自搏，文帝謂曰：「劉夫人云何如此？」令新婦舉頭，姑乃捧后令仰，文帝就視，見其顏色非凡，稱歎之。太祖聞其意，遂為迎娶。

文帝，指曹丕；太祖，指曹操，都是追述這篇故事時的稱謂。又引《世語》說：

太祖下鄴，文帝先入袁尚府，有婦人被髮垢面，垂涕立紹妻劉後。文帝問之，劉答是熙妻。顧擥髮髻，以巾拭面，姿貌絕倫。既過，劉謂后不憂死矣。遂見內有寵。

這兩種記載，雖微有不同；然都說第一次見甄后的為曹丕，根本與曹植無關。

再者，《世說新語（第三十五）．惑溺篇》說：

魏甄后惠而有色，先為袁熙妻，甚獲寵。曹公之屠鄴也，令疾召甄，左右曰：「五官中郎已將去。」公曰：「今年破賊正為奴。」

由此可知曹操也喜歡甄后，然與曹植也無關。曹植生於漢獻帝初平三年（西元一九二年），到建安九年（西元二〇四年），他也不過十二三歲，怎麼就會愛上甄后呢？這段故事說的「植殊不平，晝思夜想。」根本是在胡扯。

第二、我們再談「黃初中入朝，帝示植甄后玉鏤金帶枕，植見之，不覺泣。」黃初初年，曹植朝京師只有兩次：一次在黃初三年，就是〈洛神賦序〉說的「黃初三年，余朝京師。」；一次是黃初四年，就是〈贈白馬王彪詩序〉說的「黃初四年五月，白馬王、任城王與余俱朝京師。」這兩次朝京師的情形大不相同。茲先敘四年朝京師的情形。他在〈責躬詩表〉說：

臣自抱釁歸藩，刻肌刻骨，追思罪戾。晝分而食，夜分而寢，誠以天網不可重罹，聖恩難可再恃。……前奉詔書，臣等絕朝，心離志絕，自分黃耇，耇永無執珪之望；不圖聖詔猥垂。齒召至止之日，馳心輦轂，僻處西館，未奉闕庭。踊躍之懷，瞻望反側，不勝犬馬戀主之情。

由此可知，黃初四年，他是奉詔進京的，可是到京以後，讓他住在西館，不得朝見，所以他才獻上這首〈責躬詩表〉。他又在〈應詔詩〉說：「爰曁帝室，稅此西墉。嘉詔未賜，朝覲莫從。仰瞻城國，俯惟闕庭。長懷永慕，憂心如酲。」在酲這時，曹丕連見他都不願意見他，要說：「入朝，帝示植甄后玉鏤金帶枕，植見之，不覺泣。時已為郭后讒死，帝意亦尋悟，因令太子留宴飲，仍以枕賚植。」簡直不可想像。

黃初三年的朝京師，他的本傳裡沒有記載，裴松之於〈陳思王植傳〉〈責躬詩表〉下引《魏略》注說：

初植未到關，自念有過，宜當謝帝。乃留其從官著關東，單將兩三人微行，入見清河長公主，欲因主謝，而關吏以聞。帝使人逆之，不得見。太后以為自殺也，對帝泣。會植科頭負鈇鑕徒跣詣闕下，帝及太后乃喜。及見之，帝猶嚴顏色不與語，又不使冠履。植伏地泣涕，太后為之不樂，詔乃聽復王服。

裴松之把這段故事注在黃初四年朝京師之下，顯然是一種錯誤。因為四年朝京師是奉詔而去，且與白馬王、任城王同時去的，與上所說的情形完全不同。鈇鑕是斬腰的刑具，徒跣是赤足步行。「會植科頭負鈇鑕徒跣詣闕下」，明明是負荊請罪的意思，與「自念有過，宜當謝帝」正合。那末，這次來京，完全是為負荊請罪，希望得到文帝的諒解，應該是黃初三年時的事。《三國志》的作者沒有把這件事弄清楚，《三國志》的注者也沒有把這件事弄清楚，以至後來的歷史學者都沒有把這件事弄清楚，將兩次前後不同的朝見混而為一，所以使〈洛神賦〉的意義也就始終無法了解。黃初三年的朝見曹丕既是這種情形，怎麼會「帝示植甄后玉鏤金帶枕，植見之，不覺泣」呢？怎麼會「帝意亦尋悟，因令太子留宴飲，仍以枕賚植」呢？

第三、這段故事明明說：「為郭后以糠塞口，今被髮，羞將此形貌重睹君王爾。」與〈洛神賦〉：「覩一麗人，於岩之畔。……彼何人斯，若此之豔也」怎麼相合呢？根本沒有關係，而強牽到一起，難怪要齟齬不合了。

然〈洛神賦〉到底為什麼而寫呢？這篇賦的序說：

> 黃初三年，余朝京師，還濟洛川。古人有言，斯水之神，名曰宓妃，感宋玉對楚王說神女之事，遂作斯賦。

他既是「感宋玉對楚王說神女之事，遂作斯賦。」我們就從宋玉〈神女賦〉上找消息。關於〈神女賦〉，歷來的人還有一個誤解。沈括於《夢溪補筆談》說：

自古言楚襄王夢與神女遇，以楚辭考之，似未然。〈高唐賦〉序云：「昔者先王嘗遊高唐，怠而晝寢，夢見一婦人曰：『妾巫山之女也，為高唐之客。朝為行雲，暮為行雨。』故立廟號為『朝雲』。」其曰「先王嘗遊高唐」，夢神女者懷王也，非襄王也。又〈神女賦〉序曰：「楚襄王與宋玉遊於雲夢之浦，使玉賦高唐之事。其夜，王寢，夢與神女遇，王異之。明日以白玉。玉曰：『其夜若何？』對曰：『晡夕之後，精神恍惚，若有所喜。見一婦人，狀甚奇異。』玉曰：『狀何如也？』王曰：『茂矣美矣，諸好備矣。盛矣麗矣，難測究矣，瓌姿瑋態，不可勝讚。』王曰：『若此盛矣，試為寡人賦之。』」以文考之，所云「茂矣」至「不可勝讚」云云，皆王之言也。宋玉稱歎之可也，不當即云「王曰若此盛矣，試為寡人賦之。」又曰「明日以白玉」。人君與其臣語，不當稱白。又其賦曰：「他人莫覩，玉覽其狀。望余帷而延視兮，若流波之將瀾。」若宋玉代王賦之，若玉之言者，則不當自云「他人莫睹，玉覽其狀。」既稱「玉覽其狀」，即是宋玉之言也。又不知稱余者誰也？以此考之，則「其夜，王寢，夢與神女遇」者，王字乃玉字耳。明日以白玉者，以白王也。王與玉字誤書之耳。前日夢神女者懷王也，其夜夢神女者宋玉也，襄王無預焉，從來枉受其名耳。

這篇辨證非常重要，它不僅使我們知道其夜夢神女者為宋玉，而且了解了〈神女賦〉的意義，同時，也使我們了解曹植為什麼由於〈神女賦〉而寫〈洛神賦〉的原因。〈神女賦〉說：

歡情未接，將辭而去。遷延引身，不可親附。……禮不遑訖，辭不及究。願假須臾，神女稱遽。……闇然而暝，忽不知處。情獨私懷，誰者可語？惆悵垂涕，求之至曙！

宋玉是想與神女接近而不可得，與黃初三年曹植到京想求曹丕的諒解而不可得是一樣的，所以曹植由於此賦的啟發而寫〈洛神賦〉。〈洛神賦〉說：

恨人神之道殊兮，怨盛年之莫當。抗羅袂以掩涕兮，淚流襟之浪浪。悼良會之永絕兮，哀一逝而異鄉。無微情以效愛兮，獻江南之明璫。雖潛處於太陰，長寄心於君王。……命僕夫而就駕，吾將歸乎東路。攬騑轡以抗策，悵盤桓而不能去。

也是想與神女接近而不可得，與〈神女賦〉是一個意思。所以〈洛神賦〉裡的美女，實際就是象徵文帝曹丕，因為曹植想求他的諒解而不可得。然為什麼曹植要求得曹丕的諒解呢？我們再把黃初三年前後曹丕與曹植的關係作一敘述，就可知道此中的原委。

曹操共有二十五個兒子，他所最喜歡且欲傳後者為曹植與曹沖。〈鄧哀王沖傳〉（《魏書》卷二十）說：「太祖數對群臣稱述，為欲傳後意。年十三，建安十三年疾病，太祖親為請命。及亡，哀甚，文帝寬喻太祖，太祖曰：『此我之不幸，而汝曹之幸也！』言則流涕。」曹沖死後，曹操又有意傳後於曹植。〈陳思王植傳〉（《魏書》卷十九）說：「太祖狐疑，幾為太子者數矣。」因為曹操寵愛曹植，就有許多黨羽來擁護他，本傳又說：「植既以才見異，而丁儀、丁廙、楊修等為之羽翼。」這樣，引起了曹丕的忌嫉而與之爭寵。〈陳思王植傳〉又說：「植任性而行，不自雕勵，飲酒不節。文帝御之以術，矯情自飾，宮人左右並為之說，故遂定為嗣。」曹丕既為太子，於曹操崩後，即篡漢為帝，他為帝的一日，也就是曹植倒霉的一日。首先他殺戮了曹植的黨羽丁儀、丁廙，並戮其全家。其次，曹丕及位時，曹植大哭，哭的原因，有兩種記載。一是《魏書（卷十六）．蘇則傳》說：「初則及臨菑侯植，聞魏氏代漢，皆發服悲哭。文帝初聞植如此，而不聞則也。帝在洛陽，嘗從容言曰：『吾應天受禪，而聞有哭者何也？』則謂為見問，鬚髯悉張，欲正論以對，侍中傅巽掐則曰：『不謂卿也。』於是乃止。」這是一種說法。又裴松之引《魏略》說：「初則在金城聞漢帝禪位，以為崩也，乃發喪。後聞其在，自以為不審，意頗默然。臨菑侯植，自傷失先帝意，亦怨激而哭。其後文帝出遊，追恨臨菑，顧謂左右曰：『人心不同，當我登大位之時，天下有哭者。』時從臣知帝此言有為而發也，而則以為為已，欲下馬謝，侍中傅巽目之，乃悟。」不管曹植這次哭是有意或誤聞，然給曹丕一種極度的仇恨，這是事實。於是監國謁者灌均就「希指奏植醉酒悖慢，劫脅使者，有司請治罪。」這樣就貶植為安鄉侯，並不准朝見。曹植於黃初六年下的〈自誡令〉說：「吾昔以信人之心，無忌於左右，深為東郡太守王機，防輔吏倉輯等任所誣白，獲罪聖朝。身輕於鴻毛，而謗重於泰山。」由此，可知他這時的處境。

在這種被誣的心情之下，他總是想求文帝的諒解，所以這一時期的作品，都是表現這種意識。如〈怨歌行〉說：「為君既不易，為臣良獨難。忠信事不顯，乃有見疑患。周公輔成王，金縢功不刊。推心輔王室，二叔反流言。待罪居東國，泣涕常流連。」如〈種葛篇〉說：「行年將晚暮，佳人懷異心。恩紀曠不接，我情遂抑沉。……昔為同池魚，今為商與參。往古皆歡遇，我獨困於今。棄置委天命，悠悠安可任！」如〈浮萍篇〉說：「浮萍寄清水，隨風東西流。結髮辭嚴親，來為君子仇。恪勤在朝夕，無端獲罪尤。在昔蒙恩惠，和樂如瑟琴。何意今摧頹，曠若商與參。……行雲有返期，君恩儻中還？慊慊仰天嘆，愁心將何愬？」如〈七哀篇〉說：「君若清路塵，妾若濁水泥。浮沉各異勢，會合何時諧？願為西南風，長逝入君懷。君懷良不開，賤妾當何依？」如〈出婦賦〉說：「痛一旦而見棄，心忉忉以悲驚。嗟冤結而無訴，乃愁苦以長窮。恨無愆而見棄，悼君施之不終！」都是這時期的作品，也都是求文帝的諒解。以這種意識來看〈洛神賦〉，這首賦的整個意義就可顯現了。

原刊新加坡出版《文藝生活》一卷二期

什麼叫文學

為解釋方便，先將我在拙著《文學新論》中給文學下的定義寫出，然後把它作一解釋，什麼是文學也就明白了。我的定義是：

凡作者的意識用意象來表現，而表現時以文字為工具的謂之文學。

從這個定義，可以看出文學有五種要素：一是作者；二是意識；三是意象；四是表現；五是文字。謹一一解釋如下。

第一、先解釋作者。作者是作品的根本，沒有作者絕對不會有作品。可是不僅讀作品的人往往不注意作者，甚而研究文學的人也往往忽略了作者。一般人對文藝的見解說是「仁者見仁，智者見智」，這是自欺欺人之談。我們講的話只有一個意思，難道一篇作品，或一部作品就有許多意思，讓人在那裡隨便猜麼？假如知道作者是什麼地方人，就可知道他的作品的地方色彩；假如知道他是什麼時候人，就可知道他的作品的時代精神；假如知道他所受的教育，就可知道他的作品的表現技巧；假如知道他的生存環境，就可知道作品裡所表現的環境；假如知道他的思想，就可知道作品裡的思想；假如知道他寫作時的心理形態，就可知道他作品裡的想像。總之，知道他愈多，對他的作品也就愈了解。或許有人說：作品是憑想像，不一定要真實；但想像從何而來？沒有實際的生活經驗，所想像出的是幻想，不是想像。

然所謂作者的了解，絕對不是像語文教科書那樣，在作者介紹欄內將作者的姓名、籍貫、出身或著述作一簡介就算了事。我們研究一篇作品，一定先要給它作個繫年，換言之，就是要知道它是那一年，那一月，在那個地方，什麼環境，什麼心理形態之下所寫。其次，再將這篇作品與作者同時期的前後作品作一比較，這樣，對作品就會更有了解。如果能對一位作家的全部作品統統作個繫年，不僅對他的作品，即對作者這個人也就有深刻的認識。對一篇作品這樣作，對所有作品都是這樣作，那麼，對文學的了解就不會像現在這樣膚淺而錯誤了。總之，作品繫年是研究文學的基石，基石愈牢固，對文學的了解就愈深刻。

第二、再解釋意識。一般講：「文學是情感的表現。」這句話好像沒有錯，文學表現的不是情感是什麼呢？但是我們反問一句：所有的情感表現在作品裡都是文學麼！昨天遇到了一位生人，談得非常投機，認為是知己，恨相見之晚，彼此都寫詩來慶賀；可是第二天有事相處，才發現他是一位逢迎之徒，於是又寫一首詩來咒罵，這算是文學麼？上午同父母生氣，氣得死去活來，認為父母不慈不仁，寫篇東西來出氣；可是下午省悟過來，父母之所以如此，完全出自仁慈，又寫篇東西來懺悔，這算是文學麼？某人在政治上有了權勢，恨不得把他捧成聖人，捧成英雄；可是不久失了勢，又把他罵成小人，罵成奸兇，這算是文學麼？然而他們所表現的確是情感。由此看來，「文學是情感的表現」這句話就不周密了。

然文學不是情感的表現而表現的是什麼呢？是意識。假如我們把一位作家的全部作品統統作個繫年，就發現在某一時期，作品裡所表現的情感都是一致的，換一個時期，情感才不一樣，他的情感是有時期性的。這種時期性的情感，我們稱之為意識。比如陶淵明，在他青年時未作官以前，他所表現的都是「猛志逸四海」的意識；入仕以後，他所表現的又是「冰炭滿懷抱」的意識；歸田園後他所表現的是「復得返自然」的意識；晚年窮了，由窮而了解了人生的真義，所表現的又是「不覺知有我」的意識。四種環境，四個時期，所表現的是四種意識。再如曹子建，他少年時與曹丕、建安七子吃喝玩樂，一點也不知人間苦，作品所表現的都是「終宴不知疲」的意識；後來曹操駕崩，曹丕即位，作品所表現的又是「讒巧令親疏」的意識；曹丕駕崩，曹叡即位，所表現的是「甘心赴國憂」的意識；四十一歲左右，所表現的又是「逍遙八紘外」的意識。也是四種環境，四個時期，四種意識。所有作家，假如把他的作品作一繫年，都可發現這種分期，這種不同的意識。

然意識是什麼呢？意識是理想透過實踐後所激出的情感。意識有三種要素：一是理想；二是實踐；三是情感。理想愈大，實踐愈力，則所激出的情感必愈濃厚。理想愈高，毅力愈強，則所激出的情感必愈深刻。理想愈多，實踐愈廣，則所激出的情感必愈普遍。由此可知，意識與一般情感不同之處，就是：一是理智的，一是衝動的；一是為公的，一是自私的；一是永久的，一是瞬間的；一是個性的，一是盲目的。所謂文學，也不過是作者的理想透過實踐後所激出的情感的表現；不過，表現的方式千變萬化，往往使我們看不出作者的理想與實踐來。關於表現，我們下邊再講。

第三、再解釋意象。所謂意象就是由作者的意識所組合的形相。我且舉一個實例，就是馬致遠的〈天淨沙〉：

枯藤老樹昏鴉，小橋流水平沙（普通本作人家）。古道西風瘦馬。夕陽西下，斷腸人在天涯。

枯藤、老樹、昏鴉、小橋、流水、平沙、古道、西風、瘦馬、夕陽西下，都是散在自然界各不連屬的景象，由於馬致遠的「斷腸人在天涯」的意識，把這些本不連屬的自然景象連合到一起而組成了一個新的意象。這種意象，在馬致遠以前沒有，在馬致遠以後也沒有，只有馬致遠由於自己的意識把它們組合起來，這就是創造。馬致遠是元朝人，元朝是蒙古人入主中國，把中國人壓迫得連氣都不敢出，不無茫茫天涯，何處是歸途之感，所以產生了「斷腸人在天涯」的意識。由這種意識，再將自然界悽涼的景象歸納到一起，如枯的藤、老的樹、黑的鴉、小的橋、細細流水、一望無際的沙漠、坎坷不平的道路、寒冽的西風、瘦得一層皮的馬、又是在快要落山的太陽情景之下，悽涼、悲傷、前途茫茫，把悲傷絕頂的情緒表現得淋漓盡致。

小令用意象來表現，詩詞也用意象來表現，甚而戲曲，小說中的人物也就像枯藤、老樹、昏鴉等一樣，都是意象，不過範圍更為廣大，情緒更為複雜罷了。

第四、再解釋表現。表現包括故事的結構、人物的創造、心理的刻劃、景物的描寫、體裁的選擇、氣氛的製造，在在都需要想像來完成。作者有了情緒，想表現出來，絕對不是喊叫幾聲，就是文學；要把它擺在適當的人物、適當的環境、適當的心理形態、適當的故事、適當的敘述層次、適當的完整形式才能把它完美地表現出來。作者在表現這種情緒時，因為只注意技巧上的各種問題，往往與自己的實際生活脫離，故有人稱之為「為藝術而藝術」，實際上，原來的出發點仍是由於作者的意識。尤其小說和戲劇，作者的注意力都集中在人物的創造上，而人物的面目又各不相同，好像與作者實際生活脫了節；事實上，凡是作者所創造的都是作者所最了解的。現代英國文學批評家 T. S. Eliot 在《傳統和個人的才具》說：「藝術家發展的過程是繼續不斷地自我犧牲，繼續不斷地泯除自己的個性。」就是專指作家在創作時這種心理形態而言。

最後，再解釋文字。一切藝術所表現的都是意識，而且也都用意象來表現；不同的是文學用文字作為表現的工具。文字有兩種形式：一是概念，一是形相。如〈天淨沙〉中，枯是概念，藤是概念；枯藤就變成形相。老是概念，樹是概念；老樹就變成形相。文學是用這種形相的文字而不是用概念的文字。西洋所謂 Visual language 就是指這種形相的文字。人們常說：「唐詩言情，宋詩說理。」宋詩不如唐詩，就由宋詩所用的概念文字多，而唐詩所用的形相文字多。文學家藝術造詣的高低也就決定在這種形相文字的成功與否上。

從以上的定義，可知文學只有五種要素；從以上的解釋，又可知文學的一切問題都包括在這五種要素裡，那麼了解這個定義，也就知道什麼是文學了。

原刊新加坡出版《展望》創刊號

怎樣研究文學

文學研究建築在作家研究上，先得認識作家，才能對作品有深切的了解，然怎樣認識作家呢？

第一是作作品繫年。現在流行的詩文集或全集，作品的次序是隨意安排，或是按照體裁排列的。這兩種方式對從事創作或欣賞的人，無大關係，因為他們可以隨自己的興趣選讀作品；可是對研究文學的人就大大不同了。他不能喜歡那些作品就讀那些，不喜歡的就不讀。他不但沒有選讀作品的自由，而且全集裡面的每一篇作品，不管是文學的也好，不是文學的也好，統統都得細讀。如此，對一位作家才能有全面的認識。不僅每篇作品都要細讀，還得把每篇作品都給它按排一個年代。知道了作品是那一年寫的，什麼歲數寫的，什麼環境之下寫的，對作品才能有徹底的了解。無法繫年的作品，也須給它作一個分期，換言之，就是要分清它是那一階段或什麼環境之下所寫，否則，你自以為是了解的可能是全盤錯誤。比如陶淵明的作品，歷來的人都說他有故國舊君之思，及至作了繫年，才知一般人所認為的故國舊君之思的作品，都寫在晉朝未亡的二十年。試問：晉朝還沒有亡，故國舊君之思從何而來？再如：曹子建的〈洛神賦〉，不知有多少人認為是思念甄后的，作了繫年後，它寫於黃初三年，這時，曹丕與曹植已是君臣關係，而且曹丕極端憎惡他，他朝覲的時候，連頭都不敢抬，怎敢希望皇后給他薦枕蓆呢？❶像這類的誤解與附會很多很多，作了繫年後，一一都可澄清。由此，可知作品繫年的重要。作品繫年是文學研究的基石，基石愈穩固，上面的建築物也就愈牢穩。

第二是作家的個性發掘。作家的個性是由血統、教育、友朋、思想、宗教、社會、經濟、政治等等，甚而至於地域、氣候、民族等等因素交綜組合而成，所以我們想了解一個作家，得從這些因素裡來發掘。然所以要發掘作家個性的，並不僅僅是給他作傳記，主要的目的是在發現他的創作動機。我們都知道：文學是生活的表現，然怎樣才能得到生活呢？作家是從一個理想出發，當他實踐這個理想時，遭遇到許許多多的阻力，如果他實踐愈力，則個性愈強，個性愈強，則感受愈多，感受愈多，則生活愈豐富，作品也愈深刻。知道了他的生活，再來讀作品，就可站在作者的立場來欣賞作品，就不至於隨便附會了。

作品之有作者，且有相當資料足供憑藉的，可以使用以上的兩種步驟；如遇沒有作者的作品或作者生平不詳的，像《詩經》、平話、元曲這些作品怎樣處理呢？一樣也用這種方法，不過略微變通而已。《詩經》裡曾用五十二次「士」字，如將這些「士」字作一研究，就知「士」是一種人的身分，他們既是一個階層的人，我們就追究他們的教育、思想、宗教、社會、經濟、政治等等，因而發現他們的理想、他們的性格、他們的環境、他們的感觸，於是打開了了解《詩

❶請參看本集拙作〈曹子建洛神賦的意義〉一文。

經》的門徑❷。再如平話與元曲，不作單篇的研究，而把它們作一整個的分析，一樣可以發現它們作者的思想、環境、感觸等等而知道了他們創作的動機❸。

總之，文學研究的初步工作是作家研究，而所以研究作家的，是在追究作家的創作動機；知道了創作動機，作品的內容與形式就可知道了。此其所以我們說：「文學研究建築在作家研究上」的緣故。

進到作品，研究的工作又須分幾個步驟：

第一、作品的分期。作作品繫年與發掘作家個性，都為作品分期的準備。從這種分期，才能知道作品的不同以及作家的造詣。比如陶淵明的作品，很顯然的分為四個時期：一是未出仕以前，他野心勃勃，想建功樹名，我們給它一個名稱叫「猛志逸四海」的時期；二是出仕以後，他終日在矛盾衝突中過活，稱之為「冰炭滿懷抱」的時期；三是歸田園以後，他的心靈又回到自然，稱之為「復得返自然」的時期；四是貧病以後，然愈貧病，他的意志愈堅強，對人生的了解也愈深刻，稱之為「不覺知有我」的時期❹。曹子建的作品也可分為四個時期：一是曹操

❷此文寫於十數年前，那時還沒發現《詩經》的作者尹吉甫，故從「士」這種人的身分作研究，然從此處可以知道我們研究《詩經》的過程。

❸請參看拙著《文學新論》第十三章〈平話時期〉。

❹請參看拙著《陶淵明評論》第一章〈陶淵明作品繫年〉。

未死，曹丕未即帝以前，這時他吃喝玩樂，一點也感不到人間苦，稱之為「終宴不知疲」的時期；二是曹丕即位至曹丕駕崩，這時他受佞臣誣衊，曹丕極度的憎恨他，稱之為「讒巧令親疏」的時期；三是曹叡即位後，魏國的局勢非常危險，加以司馬懿當道，曹子建為魏室宗親，時時想為國家出力，故稱為「甘心赴國憂」的時期；四是始終得不到曹叡的信任，於是想辭官隱退，故稱之為「逍遙八紘外」的時期❺。李白的作品也可分為四個時期：一是隱居四川的時候，他時時想成仙得道，稱之為「雲臥三十年」的時期；二是到了長安，得到唐明皇的賞識，稱之為「幸遇聖明主」的時期；三是離開長安，客遊河南山東的時候，稱之為「十載客梁園」的時期；四是安祿山叛變以後，天下大亂，他有用世之志，稱之為「風雲激壯志」的時期❻。假如我們將每個作家的作品都這樣地作一分期，不僅作者的心靈演變清清楚楚、明明白白地浮現在我們的眼前，而且可得下列幾點認識：

一、作家的情感由環境的不同而不同，於是他們的作品也因環境的不同而不同。

二、但這種不同，並不由於衝動，而是因作者在追求他的理想時，環境改變了，他的感觸也改變了；改變的不是他的理想，而是他的感觸。換言之，他是以不變應萬變，正因他以不變應萬變，才感到外界的變。

❺請參看拙作〈曹子建作品分期〉一文。

❻請參看拙著《文學與生活》第二輯第七講〈意識與普遍性〉。

三、所有偉大的作家，沒有不是始終追求一個理想。理想愈大，實踐愈力，毅力愈強，則感受愈深；感受愈深，則作品愈深刻；作品愈深刻，則作家的造詣愈高，於是他的地位也愈高。

四、理想愈大，實踐愈力，毅力愈強，感受愈深，則作家的個性必愈顯明，個性愈顯明，則作品的普遍性也愈強。理想愈大，自私的成分愈小，因而代表性也愈大；當作者實踐他的理想時，他所感觸的也就是一般人的感觸，一般人就能在他的作品裡找到共鳴。所謂共鳴，就是普遍性。同時，普遍性愈強的作品，永久性也愈大。因為作者的理想既可代表同時的人，也就可以多少代表以後的人。後人既在他的作品裡找到共鳴，也就有了永久性。個性、普遍性、永久性，好像是三個矛盾的名詞，而實際是一貫的。永久性建築在普遍性上，普遍性建築在個性上；沒有個性的作品，也就不會有普遍性，更不會有永久性。

五、反過來講，凡是沒有理想的作家，也就無所謂去實踐理想，因而也就沒有生活，沒有感觸。他的寫作，只是玩弄文字，無病呻吟，文章儘管寫得四平八穩，可是缺乏情感，故稱之為辭章家。文學家與辭章家是不同的。

得到了以上的幾點認識，然後再作進一步的工作，就是將已經認識的作家與他同時代或前後的作家作比較，這時，就可發現有許許多多作家與他有同樣的理想，同樣的實踐，同樣的生活感觸，於是我們將這些相同的作家稱為一個時期，理想與實踐不同的稱為另一時期。而每個時期都是由於同一的思想、同一的宗教、同一的教育、同一的社會、同一的政治、同一的經濟等等因素組合而成。這些因素對一個作家的影響程度或有不同，然所受的都是同一的影響，此之謂文學的時代。文學的時代與帝王的朝代並不一定配合，換言之，就是朝代變了，文學不一定也變；一定得這個朝代的政治、經濟、教育、社會、宗教等等也都改變了，文學才會變。

至如沒有作者的作品，可將作品與作品比較，一樣可以得出文學的時代。比如將《詩經》裡的詩篇彼此比較，將平話、元曲、明清小說彼此比較，都可發現它們的共同氣氛，而這種共同氣氛，也由於同一的政治、經濟、教育、社會、宗教所組成。

十九世紀以來，由於自然科學、社會科學的發達，使文學研究的領域逐漸擴大。研究社會科學的人喜歡了文學，於是將社會學的方法帶到文學的領域來。研究自然科學的人喜歡了文學，又將自然科學的方法帶到文學裡來。其他如歷史學、地理學、人類學、經濟學、民族學、哲學、美學等等，無不將它們的方法都帶到文學裡來。它們固將文學研究的領域擴大了，然糾紛也增多了。唯一統一的辦法，就是由作家研究起，因為作家是由上列諸種因素組合而成，知道了作家，知道了作家所處的時代環境，這些因素也就統統包括在內，也就不會再有一偏之見了。

知道了文學時代之所以形成，再進一步的工作，就是將各個時代連貫起來，就知道一個國家或一個民族文學的演變史。文學史的目的就在追求文學之所以演變的因由。假如知道各個時代演變的因由，也就知道一個國家或一個民族文學演變的整個因由。

或許有人說這樣的研究方法太迂遠了，文學研究只要面對作品就夠了，何必要認識作家呢？要知道，作家是作品的根源，了解了作家才能知道他為什麼要創作，知道了他為什麼要創作，那麼，內容與形式的各種問題才可徹底了解。不追究作者，只有在作品的形式上下功夫，就只能認識問題的一面；而一面的認識會帶來許多錯誤。

或許又有人說認識一個作家好了，何必又要作家與作家，作品與作品比較呢？要知道：作家與作家，作品與作品比較，才能認識全面的作家與全面的作品，也只有認識全面的作家與全面的作品才能認識文學的真正目的。也只有從了解全面作家的基礎上來了解全面文學，才能糾正現在流行的雖不是錯誤，然是一偏之見的文學研究法。

或許還有人說：作家與作家，作品與作品比較好了，何必要了解一個國家或一個民族整個文學的演變呢？要知道：以前研究文學的人，多數是把文學作品平面的擺在那裡，在做一個分析或歸納演繹的工作，而沒有追究到人類情感的發展，也就不會知道文體的興衰遞變的必然法則。一定得從一個國家或一個民族文學的最原始出發，才可發現一變二、二變三、三變四的層次與法則。前人的文學研究，不外兩種方法：一是從分析、歸納、演繹出發，稱之為文藝科學；一是從歷史的方法入手，這種歷史方法，包括經濟的，社會的等等觀點，稱之為文藝史學。然不管從文藝科學也好，文藝史學也好，都沒有把作品與作者溝通。如果把作品與作者溝通，文藝科學與文藝史學也就會合流了。文藝科學與文藝史學果能合流，那麼，前人的任何研究方法都可為我們利用而得出正確的結果。

原刊中央日報《學人》週刊

再談怎樣研究文學

在〈怎樣研究文學〉裡，我將文學研究的途徑，提綱挈領的作一概述，現在再加補充。前人研究文學，不外兩種途徑：一是概論式的，一是專門式的，茲分述這兩條途徑的得失。

所謂概論式的，就是今天讀幾部文學概論，明天讀幾部文學批評，後天讀幾部小說作法或詩歌、戲劇原理，再後天讀幾部文學史，遇機會再讀幾部中外名著，日積月累，對文學有了認識，也有了意見，於是，就著書立說，放言高論，大談文學。這種途徑最易走，也最易誤人。因為散漫的讀書，只能有散漫的認識。可是這種認識，也最易使人相信。因為一般人都是這樣的讀文學，也只有承認這樣的結論。當前流行的文學定義，就充分表現了這種散漫的現象。且舉一個文學定義看看。

文學是基本於感情的，有思想（無論好和壞）、有體裁、有想像、有趣味、有藝術的組織、有美的欣賞、有普遍性與永久性的特長、是人生的表現和批評。

這個定義是綜合歷來的文學定義而加以補充與剪裁，在所有文學定義裡要算最概括，最完整；然而充分表現了散漫與缺點。

第一、這裡列舉了「感情」、「思想」、「體裁」、「想像」、「趣味」、「組織」、「美感」、「普遍性」、「永久性」、「人生的表現」與「批評」共十一種因素；可是它將文學的因素列舉完了嗎？比如既舉了「普遍性」與「永久性」，為什麼不舉「個性」呢？作品缺乏了「個性」，還能稱為成功的作品嗎？也就因為作品顯出了「個性」才能成為「家」；否則，在作家裡就沒有地位。「個性」的重要，不亞於「感情」、「思想」等等，可是這裡忘列了。再如，把這個定義說的「文學」換為「繪畫」、「音樂」、「雕刻」、「舞蹈」等名稱，也一樣講得通，那麼，「文學」的特徵在那裡？「文學」的特徵就在以「文字」為表現的工具，可是這裡也漏列了。再如這裡既列「有趣味」，又列「有美的欣賞」，「趣味」與「美的欣賞」有什麼區別呢？有了「美感」是不是就包括了「趣味」呢？這裡既列「有體裁」，又列「有藝術的組織」，試問：「體裁」除過「藝術的組織」外，還有什麼呢？有沒有無「藝術組織」的「體裁」呢？

第二、即令承認文學只有這十一種因素，然這些因素是像七巧板一樣，這樣一擺，就是這樣文學，那樣一擺，就是那樣文學呢？它們彼此之間有沒有關係呢？假如有，是怎樣的關係呢？它們是有機的組合呢？還是無機的組合呢？這些因素都是同等的重要嗎？有沒有一種是主因，而其他因素都是由此主因而產生的呢？如說：「文學是基本於感情的」，既言「基本」，是不是其他因素都由「感情」而產生呢？從來沒有一本文學概論的書把它們中間的關係，源源本本，詳詳細細說得明白。都是講思想只講思想，講體裁只講體裁，講想像只講想像，好像它們彼此之間毫無關係似的。

第三、既言「文學是基本於感情的」，那末，是不是所有感情的作品都可入於文學呢？昨晚同一位朋友喝酒，甚為投機，就認是難得的知己，於是賦詩一首，以誌歡樂；可是第二天有求於他，被他拒絕了，勃然大怒，認為太不夠朋友，又賦詩一首，以誌忿恨。這種自私的感情所寫的作品算不算文學呢？再如戚友被人污辱，站在道義的立場，予侮辱者以侮辱，賦詩一首，以誌所感；可是第二天明瞭了真相，原來戚友之受侮辱，咎由自取，感到慚愧，又賦詩一首，以誌愧疚，這種衝動的感情所寫的作品又算不算文學呢？再如，一時的尚風，大家都讚美某一個人，你也寫詩一首來頌揚他；過後想想，這個人實在沒有什麼可以讚美的，又賦詩一首，以誌後悔，這種盲目的感情所寫的作品，又算不算文學呢？還有，因細微小故，同太太吵嘴，於是賦詩一首，以誌氣忿；不久，兩個言歸於好，又賦詩一首，以誌恩愛，這種瞬間的感情所寫的作品算不算文學呢？這些自私的、衝動的、盲目的、瞬間的感情不能說不是感情，然而文學裡不要這種感情，那末，你說「文學是基本於感情的」，是不是有了問題呢？

假如從作家研究作為起點來研究文學，則上列問題都可迎刃而解了。作了作家研究後，就可發現所有成功的作家，都是從一個理想，一股毅力，一步一步實踐出來的。實踐愈力，則生活愈深入，生活愈深入，則感情也愈真摯；因而作品也愈深刻。由理想、實踐、毅力所產生的感情就不是自私的、衝動的、盲目的與瞬間的，而是普遍的、理智的、個性的與永久的。當作家表現這種感情時，可以用親身經歷的生活作資料，也可以藉書籍或傳說的資料；然這些資料必須與親身的生活相化合，才能變為作家的創造。作品裡的「思想」，也就是作家實踐的理想，現將這種理想表現在作品裡，就變成了作品的思想。所謂「感情」，也就是作家在實踐理想時的感觸；這種感觸不是突發的，偶然的，是與實踐配合的。所謂「想像」，也就是作家藉以表現感情的意象，這種意象可以從親身經歷中獲得，也可以從書籍或傳說中獲得。所謂「藝術的組織」，也就是作家當表現感情時所找到的恰當的意象。當作家找到這種恰當的意象時，心靈裡起了一種喜悅的情緒，就是「美感」；當讀者透過這種恰當的意象而與作家的感情起共鳴時，心靈裡也起一種喜悅的情緒，就謂之「美的欣賞」。作家的理想愈大，自私的成分愈小，那末，當作家實踐理想時的感觸，也就代表一般人的感觸，於是產生了「普遍性」。如果作家的理想能以代表後代人的理想，他實踐理想時的感觸自然也代表了後代人的感觸，於是產生了「永久性」。所謂「人生的表現」，也就是作家生活的表現，因為他的生活代表了一般人的生活，也就通稱為「人生的表現」了。「人生的表現」，並不是作家是作家，人生是人生，作家捨棄自己的生活而另找一種與自己漠不相關的生活來表現。作家既是從理想而實踐，自然就有一種觀點來看人生，把這種觀點表現在作品時，自然也就「批評」了人生。由此可知：文學是一種極複雜、極精密、極關聯的有機體；研究文學的人，固可像解剖學一樣，把人體剖分得四零五散，然最後還得歸還成一個「人」。同樣，文學的因素，為研究方便，也可剖分得四零五散，而最後也得歸原到「文學」，否則，就失了文學研究的意義。

以上所談，很可以看出不同的研究路徑所得的不同的結果。走的既是散漫的路徑，對文學的認識自然也是散漫的，難怪有許多作者當他寫作的時候，東尋一個思想，南加一個故事，西找一個想像，北配一個體裁，就自認為是作品了。這種錯誤的觀念，不知害了多少青年，也讓成名的作家多走了許多冤枉路。概論式的路途既然如此，那末，專門式的研究如何呢？

所謂專門的，就是本來是研究社會學的，對文學發生了興趣，就用社會學的眼光來研究文學。本來是研究歷史的，對文學發生了興趣，也就用歷史的眼光來研究文學。其他如考證、訓詁、音韻、人類、民族、地質、氣象、經濟、政治、道德、宗教、心理、科學、遺傳、哲學、美學以及心理分析等等，只要是一門學問，都可侵入文學的範圍來作文學的研究。文學是人生的表現，而人生是無所不包，從各種專門學問來鑽研文學，自是正當的途徑。也正因這些專門學問侵入文學研究的範圍，而使文學研究者的眼光也遠大了。以前只注意文字、對仗、韻律、體裁、結構的人，現在也知道只從文學的形式來研究文學不能認識文學了。可惜這些從專門學問入手的文學研究者，也是只注意已完成的作品，而未注意作品未完成前在作家心靈的活動；即令注意到作家的，也只敘述作家的生平，而未將生平與作品揉為一體，所以也未能徹底解決問題。謹舉幾個眼前的例子來作說明。

薩孟武先生原是研究社會政治學的，他寫了一部《水滸傳與中國社會》，從中國社會的各角度來解釋《水滸傳》。以此書的本身而論，誠不愧為一部傑作，但就文學研究者的立場，這部書對文學是沒有大用的。文學研究的目的在領導讀者深入到作者的心靈，而對他的作品有所欣賞。欣賞與了解不同，了解是求知慾的滿足，這個字不認識，現在認識了，這句話看不懂，現在懂得了，某種知識不知道，現在知道了，這是知識的滿足。至於欣賞，一定要同作者的情感起共鳴；起共鳴，作品與讀者才發生關係，才產生美感，才能產生影響，欣賞是心靈的享受而不是知識的滿足。以此觀點來論《水滸傳與中國社會》，一點也不合理想。若要有助於欣賞，得先發掘作者的個性以及由此個性所產生的作品；可是這點工作，孟武先生一點也沒有作。

胡適之先生是研究歷史的，他用歷史的眼光來研究《西遊記》，他增加了我們對這部小說的知識；然對作品的欣賞，並沒有多大的貢獻。他用很多的篇幅詳述玄奘的生平，但是《西遊記》所寫的唐僧是「一頭水」、「信邪風」、「信讒言」、「軟耳朵」、外剛內柔的「膿包」，這與歷史上的玄奘有什麼關係？他又化很大的篇幅介紹印度哈里曼的故事，如說孫猴子是借哈里曼則可，然以他倆的性格而論，又有什麼關係呢？要想了解孫猴子與唐僧，得向作者吳承恩的個性與環境去找，才能發現作者所以要創造這兩個人物的根源；知道了根源，再來讀《西遊記》，就可親切有味地而與作者的心靈起共鳴❶。胡先生又從歷史的眼光，給《水滸傳》的故事作一個追根溯源的敘述，然這與羅貫中寫《水滸傳》又有什麼關係呢？難道羅貫中僅是敘述一下水滸故事

❶請參看本集拙作〈西遊記的價值〉一文。

就是他創作的目的嗎？

胡先生又用歷史的眼光來看《三國演義》，他發現這部小說與《三國志》的事實不相符，就批評它「想像力太少，創造力太薄弱」，作者又是「平凡的陋儒」，結論說它「不是文學的作品」。實際上，《三國演義》是想像力最豐富，創造力最強大，文學價值最高的作品，而且作者最富反抗的精神，一點也不是平凡的陋儒；如果你知道了作者所處的時代環境與創作手法的話❷。

還有，許多研究考據的人，就用考據的方法來研究《紅樓夢》，認為「賈寶玉」是象徵國璽，薛寶釵是象徵明朝，林黛玉是象徵清朝，襲人是象徵龍衣人，蔣玉函是象徵國璽匣等等就認為《紅樓夢》是一部「反清復明」的作品。可是一遇到作者問題，上列諸證就無所依據了。《紅樓夢》之為曹雪芹所寫，已成定案；而曹雪芹是滿旗，旗人怎會有「反清復明」的思想呢？研究一部作品撇開了「作者」，等於研究一個人而撇開了「個性」，只從表面上找證據，你有鼻子，我也有鼻子，你有耳朵，我也有耳朵，你有嘴，我也有嘴，你有手，我也有手，根據這些相同，就決定你就是我一樣的錯誤。我國作品，從《詩經》一直到現在，所以有那麼多的敷會解釋，多由於單用考據的緣故。

我們對專門學問之侵入文學研究範圍，絲毫沒有仇視的心理；勿寧說歡迎之不暇。可惜他

❷請參看本集拙作〈三國演義的價值〉一文。

們僅從一個角度來看文學，也就只能認識文學的一面。文學是人生的表現，而人生是整體的，有機的，牽一髮而動全身的，你既認識一面，就忽略了此面與彼面的關係；而最重要的還在彼此之間的關係。忽略了這種關係，偏見與誤解也就發生了。研究文學的人，如能反其道而行，換言之，就是原來由外向內，現在改為由內向外，一切問題都可解決了。說得更明白一點，就是：作家的個性是由環境、教育、思想、宗教、經濟、政治、社會種種因素組合而成的，我們從這些因素發掘出他的個性；然後再由這個性進入到他的作品。進入作品後，再由作品裡所表現的環境、教育、思想、宗教、經濟、政治、社會等而追究外在的環境、教育、思想等等。這時，社會的、歷史的、考證的等等方法，也就不會誤用了。作者好像是一種水晶體，他吸收了外界的光，而又放光於外界。我們始終環繞著作者，不管他吸收也好，放射也好，都由他作為研究的起點，那末，就可發現任何一種專門學問都是有用的，都可用來完成同一的目的，這時，對文學的認識就要改觀了。

原刊中央日報《學人》週刊

《三國演義》的價值

認識《三國演義》，至少得有四個步驟：第一步先將《三國演義》與《三國志》作一對照；其次，發現作者的寫作主旨；再其次追究作者的時代意識；最後才能談到它的意義與價值。茲由這四個步驟來將《三國演義》作一認識。

一、《三國演義》與《三國志》的對照

先從劉備與曹操這兩個人物來看《三國演義》與《三國志》的不同。

作者為表現劉備這個人物，不惜使用歪曲、改正、增補、杜撰、誇大事實的手法；而這種手法就叫做演義，也就叫做創造。茲分仁慈、禮賢、義氣、信義與愛民五方面來看作者怎樣做創造的工作。

第一、仁慈。《三國演義》幾次提到「玄德終是仁慈的人」，且看他怎樣仁慈。《蜀書．先主傳》說：

> 靈帝末，黃巾起，州郡各舉義兵，先主率其屬，從校尉鄒靖討黃巾賊有功，除安喜尉。督郵以公事到縣，先主求謁，不通，直入縛督郵，杖二百，解綬繫其頸，著馬柳，棄官亡命。

裴松之引《典略》註說：

> 其後州郡被詔書，其有軍功為長吏者，當沙汰之。備疑在遣中。督郵至縣，當遣備，備素知之，聞督郵在傳舍，備欲求見督郵，督郵稱疾不肯見備，備恨之，因還治。將吏卒更詣傳舍，突入門，言我被府君密教收督郵，遂就床縛之。將出到界，自解其綬以繫督郵頸，縛之著樹，鞭杖百餘，下欲殺之，督郵求哀，乃釋去之。

從正傳與《典略》所言，詳略雖有不同，然係劉備鞭打督郵，初無二致。可是到《三國演義》裡，不只敘述詳盡了，且鞭打督郵者改為張飛，劉備反變為仁慈的人，處在解救的地位。將正史略為改動，故事就顯出極大的意義：（一）加強了十常侍的「賣官鬻爵，非親不用，非讎不誅」的罪惡；（二）表現了督郵的貪污受賄；（三）描寫了劉備的愛民與受民眾的擁戴；（四）繪出了張飛的性格；（五）襯出了劉備的仁慈。

其次，劉表讓荊州一事，也可看出劉備的仁慈。這段故事在《蜀書》裡只講：

曹公南征表，會表卒，子琮代立，遣使請降。先主屯樊不知，曹公卒至。至宛乃聞之，遂將其眾去，過襄陽，諸葛亮說先主攻琮，荊州可有，先主曰：「吾不忍也」。

裴松之註引孔衍《漢魏春秋》也只說：

劉琮乞降，不敢告備，備亦不知。久之乃覺，遣所親問琮，琮令宋忠詣備宣旨。是時曹公在宛，備乃大驚駭，謂忠曰：「卿諸人作事如此，不早相語，今禍至，方告我，不亦太劇乎！」引刀向忠曰：「今斷卿頭，不足以解忿，亦恥大丈夫臨別復殺卿輩。」遣忠去，乃呼部曲議，或勸備劫劉琮及荊州吏士，往南到江陵。備答曰：「劉荊州臨亡託我以孤遺，背信自濟，吾所不為，死何面目以見劉荊州乎？」

實際的故事很簡單，而演義的作者誇張地來描寫，目的在使讀者注意劉備的仁慈。

第二、禮賢。劉備三顧茅廬，第一次見面，諸葛亮就稱讚他是：「總攬英雄，思賢如渴。」我國的讀書人都希望各個帝王都能屈身下士；然能「禮賢下士」的並不多。所以劉備的三顧茅廬成了千古美談。《蜀書．諸葛亮傳》只講：

時先主屯新野，徐庶……謂先主曰：「諸葛孔明者臥龍也，將軍豈願見之乎？」先主曰：「君與俱來。」庶曰：「此人可就見，不可屈致也。將軍宜枉駕顧之。」由是先主遂詣諸葛。凡三往，乃見。……於是與亮情好日密。關羽、張飛等不悅，先主解之曰：「孤之有孔明，猶魚之有水也。願諸君勿復言。」羽、飛乃止。

正傳裡只寥寥數十字，演義裡幾乎用了兩回的篇幅來描寫「思賢如渴」的經過。劉備這樣的「思賢如渴」，這樣的「屈身下士」，固然是《三國演義》作者的理想，也因有三顧茅廬的事實，作者才能將他誇大。古今文人都想遇到這樣的奇跡，然這樣的奇跡在歷史上有幾次？在三顧茅廬的行次中，作者所以三番五次寫關、張的不悅，也正是反襯劉備的偉大。一反一正將劉備的人格整個烘托出來。因為諸葛亮是書中最主要的人物，故用最大的篇幅，最細的情節，最深的同情心來描繪。

再看劉備怎樣對待徐庶。徐庶在《三國志》無傳，只在〈諸葛亮傳〉裡提到幾句，講到他與劉備的關係時只說：

時先主屯新野，徐庶見先主，先主器之……琮聞曹公來征，遣使請降，先主在樊聞之，率其眾南行，亮與徐庶並從，為曹公所追，破獲庶母。庶辭先主而指其心曰：「本欲與將軍共圖王霸之業者，以此方寸地也。今已失老母，方寸亂矣，無益於事，請從此別。」遂詣曹公。

可是到了《三國演義》裡不只徐母被獲的故事大大改變，即徐庶怎樣與劉備見面，怎樣與劉備效力，怎樣與劉備離別，也用極大的同情心來擴充了。

第三、義氣。《三國演義》以劉、關、張三結義作開始，這種異姓結拜，給後世的影響很大。凡是結拜的人都要跪拜他們，而以他們為法。《水滸傳》裡少華山三位強人對史進說：「小人等三個累被官司逼迫，不得已上山落草。當初發願道：不求同日生，只願同日死。雖不及關、張、劉備的義氣，其心則同。」足見一般人的心目中，不只以他們為法，而且有不敢與他們相較的崇拜心理。這裡只談劉備對關、張怎樣的義氣。

《三國志》裡根本沒有提過劉備、關、張的結義，只在〈關羽傳〉裡講：

先主與二人寢則同床，恩若兄弟。

在〈張飛傳〉講：

飛少與關羽俱事先主，羽年長數歲，飛兄事之。

與《三國演義》講的「不求同年同月同日生，但願同年同月同日死」之正式結義，頗有出入。這樣的異姓兄弟，要比骨肉兄弟還要親密。張飛失了徐州和玄德的妻子，拔劍自刎，玄德向前抱住，奪劍擲地說：「古人云：『兄弟如手足，妻子如衣服，衣服破，尚可縫；手足斷，安可續？』吾三人桃園結義，不求同生，但願同死。今雖失了城池家小，安忍教兄弟中道而亡！」（第十五回）這話講得多末真摯，無怪劉備說罷大哭，而關、張也俱感泣。此是城池妻小不如結義之處。關公在華容道放了曹操，因他曾立下軍令狀，孔明要以軍法從事，玄德講情道：「昔吾三人結義時，誓同生死。今雲長雖犯法，不忍違卻前盟。」此又是軍法敵不過盟約。關羽被害，玄德哭得死去活來，誓為弟復仇，但以國家為前提來講，趙雲、秦宓、諸葛亮的話是對的。趙雲說：「漢賊之仇公也，兄弟之仇私也。應先公而後私。」秦宓以：「陛下捨萬乘之軀，而徇小義，古人所不取。」諸葛亮所上的表說得更委婉：「遷漢鼎者，罪由曹操；移劉祚者，過非孫權。竊謂魏賊若除，則吳自賓服。」然玄德一則說：「朕自桃園與關、張結義，誓同生死；不幸二弟雲長被東吳孫權所害，若不報仇，是負盟也。」再則說：「雲長與朕猶一體也，大義尚在，豈可忘也。」終不聽他們的勸告，因伐吳而喪身於白帝城。這種不重社稷而重義氣的行為，《三國演義》以前任何小說都沒有寫過。同時，富貴與義氣比較，更不能因貴而忘義。玄德說：「朕不為弟報仇，雖有萬里江山，何足為貴！」又說：「孤與關、張二弟桃園結義時，誓同生死。今雲長已亡，孤豈能獨享富貴乎！」為了義氣可以犧牲妻小，可以犧牲軍法，可以犧牲社稷，可以犧牲富貴，可以犧牲性命。如是的犧牲，骨肉兄弟尚難以做到。《三國演義》特意寫曹子建七步成詩，與曹丕即位後逼死曹熊的兩段故事，就在與劉、關、張的結義來對照。對照之下，更感覺結義兄弟的可敬可愛。

第四、信義。諸葛亮再三稱讚劉備是「信義著於四海」，且從劉備救陶謙講起。這段故事，《蜀書．先主傳》裡只講：

袁紹攻公孫瓚，先主與田楷東屯齊。曹公征徐州，徐州牧陶謙遣使告急於田楷，楷與先主俱救之。時先主自有兵千餘人及幽州烏丸雜胡騎，又略得饑民數千人。既到，謙以丹陽兵四千益先主，先主遂去楷歸謙。謙表先主為豫州刺史，屯小沛。謙病篤，謂別駕糜竺曰：「非劉備，不能安此州也。」謙死，竺率州人迎先主，先主未敢當。下邳陳登謂先主曰：「今漢室凌遲，海內傾覆，立功立事，在於今日。彼州殷富，戶口百萬，欲屈使君撫臨州事。」先主曰：「袁公路近在壽春，此君四世五公，海內所歸，君可以

> 州與之。」登曰：「公路驕豪，非治亂之主，今欲為使君合步騎十萬，上可以匡主濟民，成五霸之業，下可以割地守境，書功於竹帛。若使君不見聽許，登亦未敢聽使君也。」北海相孔融謂先主曰：「袁公路豈憂國忘家者邪！塚中枯骨，何足介意？今日之事，百姓與能，天與不取，悔不可追。」先主遂領徐州。

從這一段記載，可知劉備在當世確得人望，後來演義裡更加誇張。如果讀者將事實與演義對照來看，可知演義的作者怎樣在誇張事實、補充事實而加強劉備的人格。

還有，劉備領徐州後，曹操用二虎競食之計，教劉備殺呂布，玄德連夜與眾商議此事，張飛曰：「呂布本無義之人，殺之無礙。」玄德曰：「他勢窮而來投我，我若殺之，亦是不義。」張飛曰：「好人難做。」玄德不從。次日，呂布來賀，玄德請教入見，布曰：「聞公受朝廷恩命，特來相賀。」玄德遜謝。只見張飛扯劍上廳，要殺呂布，玄德慌忙阻住，布大驚曰：「翼德何故只要殺我？」張飛叫曰：「曹操道你是無義之人，教我哥哥殺你。」玄德連聲喝退，乃引呂布同入後堂，實告前因，親將曹操所送密書與呂布看。布看畢，泣曰：「此乃曹賊欲令我二人不和耳。」玄德曰：「兄勿憂，劉備誓不為此不義之事。」……關、張曰：「兄長何故不殺呂布？」玄德曰：「此曹孟德恐我與呂布同謀伐之，故用此計，使我兩人自相吞併，彼卻於中取利，奈何為所使乎？」關公點頭道是。張飛曰：「我只要殺此賊以絕後患。」玄德曰：「此非大丈夫之所為也。」（第十四回）這段故事在正史裡沒有，是作者杜撰的。

第五、愛民。從仁慈、禮賢、義氣、信義四方面分析了劉備的人格後，再談第五點，就是愛民。如果為帝王者沒有愛民之心，是不能成大事的，所以《三國演義》關於這一點也著重地描寫。只舉走樊城一例就夠了。關於這一段故事，〈先主傳〉裡只講：

比到當陽，眾十萬餘，輜重數千，兩日行十餘里。別遣關羽乘船數百艘，使會江陵。或謂先主曰：「宜速行，保江陵。今雖擁有大眾，被甲者少，若曹公兵至，何以拒之？」先主曰：「夫濟大事，必以人為本。今人歸我，吾何忍棄去！」曹公以江陵有軍實，恐先主據之，乃釋輜重，輕車到襄陽，聞先主已過，曹公將精騎五千，急追之。一日一夜，行三百餘，及於當陽之長板。先主棄妻子與諸葛亮、張飛、趙雲數十騎走。曹公大獲其人眾輜重。

這種愛民的精神，在晉時就博得盛大的讚譽。裴松之引習鑿齒的話說：

先主雖顛沛險難，而信義愈明。勢偪事危，而言不失道。追景升之顧，則情感三軍；戀赴義之士，則甘與同敗。觀其所以結物情者，豈徒投醪撫寒，含蓼問疾而已哉！其終濟大業，不亦宜乎？

劉備既有這樣與民同敗的事實，在演義裡當然要渲染一番。

從正史與演義的比較，清楚的看出《三國演義》的作者怎樣在改動事實、誇張事實、補充事實、渲染事實、杜撰事實來描繪劉備這個人物。《三國志》裡劉備、曹操與孫權的面目幾乎相同，然在演義就完全殊異。

其次，再看怎樣創造曹操。曹操與劉備恰恰相反。劉備怎樣仁慈，他就怎樣奸兇；劉備怎樣禮賢，他就怎樣妒賢；劉備怎樣義氣，他就怎樣權詐；劉備怎樣盡忠義，他就怎樣謀篡奪；劉備怎樣愛民，他就怎樣害民。

《三國演義》第一回介紹劉備與曹操就用對照的寫法。劉備的出場是：「榜文行到涿縣，引出涿縣中一個英雄。那人不甚好讀書，性寬和，寡言語，喜怒不形於色。素有大志，專愛結交天下豪傑。生得身長八尺，兩耳垂肩，雙手過膝，目能自顧其耳，面如冠玉，唇若塗脂。中山靖王劉勝之後，漢景帝閣下玄孫，姓劉名備字玄德。玄德幼孤，事母至孝。家貧，販履織蓆為業。家住本縣樓桑村，其家之東南有一大桑樹，高五丈餘，遙望之，童童如車蓋，相者云：『此家必出貴人。』玄德幼時，與鄉中小兒戲於樹下曰：『我為天子，當乘此車蓋。』叔父劉光起奇其言曰：『此兒非常人也。』因見玄德家貧，常資給之。」介紹曹操則是：「身長七尺，細眼長鬚，官拜騎都尉，沛國譙郡人也。姓曹名操字孟德。操父曹嵩，本姓夏侯氏，因為中常侍曹騰之養子，故冒姓曹。曹嵩生操，小字阿瞞，一名吉利。操幼時好遊獵，喜歌舞，有權謀，多機變。操有叔父見操遊蕩無度，嘗怒之，言於曹嵩，嵩責操，操忽生一計，見叔父來，詐倒於地，作中風之狀，叔父驚告嵩，嵩急視之，操故無恙。嵩曰：『叔言汝中風，現已癒乎？』操曰：『兒自來無此病，因失愛於叔父，故見罔耳。』嵩信其言，後叔父但言操過，嵩並不聽，因此操得恣意放蕩。時人有橋玄者，謂操曰：『天下將亂，非命世之才不能濟，能安之者，其在君乎？』南陽何顒見操，言：『漢室將亡，安天下者，必此人也。』汝南許劭，有知人之名，操往見之，問曰：『我何如人？』劭不答。又問，劭曰：『子治世之能臣，亂世之奸雄也。』操聞言大喜。」從這兩個故事的對照，可知一個一開始就被稱為「英雄」，一個一開始就被稱為「奸雄」；一個性寬和，一個有權謀；一個寡言語，一個多機變；一個出身皇族，一個冒作他姓，而且冒的是宦官的姓；一個事母至孝，一個欺父誣叔；一個天生一幅貴相，一個天生一幅奸相。這種對照的寫法，作者在第六十回借劉備的口明白表示說：「今與吾水火相敵者，曹操也。操以急，吾以寬；操以暴，吾以仁；操以譎，吾以忠；每與操相反，事乃可成。」作者既有了主見，也就有了創造曹操的手法。

謹先從殺呂伯奢全家講起。這段故事在《魏書．武帝紀》裴松之注裡原引三種說法。一是《魏書》說：

太祖以卓終必覆敗，遂不就拜，逃歸鄉里。從數騎，過故人成皋呂伯奢。伯奢不在，其子與賓客共劫太祖，取馬及物，太祖手刃擊殺數人。

這裡的錯過完全在呂伯奢兒子身上。二是《世語》說：

太祖過伯奢，伯奢出行，五子皆在，備賓主禮。太祖自以背卓命，疑其圖己，手劍夜殺八人而去。

這裡的錯過在曹操的疑心上。三是孫盛《雜記》說：

太祖聞其食器聲，以為圖己，遂夜殺之。既而悽愴曰：「寧我負人，無人負我。」遂行。

很顯然，《三國演義》是根據第三種說法而加以擴大的。擴大的地方有三：

第一、它杜撰了陳宮棄官隨曹的故事。〈武帝紀〉講：

出關，過中牟為亭長所疑，執詣縣邑中，或竊識之，為請得解。

裴注引《世語》也只說：

中牟疑是亡人，見拘於縣。時縣亦已被卓書，唯功曹心知是太祖，以世方亂，不宜拘天下雄儁，因白令釋之。

兩個地方都沒提到陳宮。陳宮在《三國志》無傳，別的地方也沒有提他，只於〈武帝紀〉裡攻劉岱，「岱不從，遂與戰，果為所殺」一段下，裴注引《世語》說：

岱既死，陳宮謂太祖曰：「州今無主，而王命斷絕。宮請說州中明府，尋往牧之，資於收天下，此霸王之業也。」宮說別駕治中曰：「天下分裂，而州無主。曹東郡命世之才也，若迎以牧州，必寧生民。」鮑信等亦謂之然。

陳宮與曹操怎樣結識，《三國志》裡沒有明文，然決不是像《三國演義》說的：陳宮原為中牟令，因感曹操忠義，不但釋放他而且隨他逃亡。曹操之不拜董卓薦的驍騎校尉而逃鄉里，在漢靈帝中平六年（西元一七七年），而上邊引的劉岱死後，陳宮為曹操說別駕治中，是在獻帝初平三年（西元一九二年），要晚十五年。再者，據〈武帝紀〉，興平元年（西元一九六年）時陳宮尚迎呂布而與曹操作對，那得於中平六年即為中牟令而釋放曹呢？可是《三國演義》講陳宮見曹操殺呂伯奢全家後，又故殺呂伯奢，知其為狼心之人，即別曹他往，中間並沒有間隔。然所以捏造這段故事的，就在加強曹操的奸兇。

第二、曹操刺董卓的故事也是《三國演義》杜撰的。〈武帝紀〉講：

卓到，廢帝為弘農王，而立獻帝。京都大亂，卓表太祖為驍騎校尉，欲與計事。太祖乃變易姓名，間行東歸。

裴注引《魏書》也只說：

太祖以卓終必覆敗，遂不就拜，逃歸鄉里。

並沒有刺董卓未遂而逃歸鄉里的話。顯然，《三國演義》的作者是用先揚後抑法，先寫曹操怎樣假忠，後寫他怎樣狼心，以反襯他的奸兇。

第三、曹操殺呂伯奢全家事，據上舉三種記載，均未講殺呂伯奢本人，而《三國演義》又增加殺伯奢本人一段，並說：「寧教我負天下人，休教天下人負我。」孫盛《雜記》裡固然也有「寧我負人，無人負我」的話，然是「既而悽愴」，尚有良心的發現；及至《三國演義》，那就毫無良心而只是奸兇了。

其次，再看殺倉官王垢一事。這段故事是依據〈武帝紀〉裴注引〈曹瞞傳〉的說法而略加改編的。〈曹瞞傳〉講：

常討賊，廩穀不足，私謂主者曰：「如何？」主者曰：「可以小斛以足之。」太祖曰：「善。」後軍中言太祖欺眾，太祖謂主者曰：「特當借君死以壓眾；不然，事不解。」乃斬之，取首題徇曰：「行小斛，盜官穀，斬之軍門。」

演義裡只將散小斛的主意出自曹操，故事不但生動，也加強了曹操的酷虐奸詐。「曹操攻壽春用兵十七萬，日費糧食浩大，諸郡又荒旱，接濟不及。……管糧官任峻部下倉官王垢，入稟操曰：『兵多糧少，當如之何？』操曰：『可以小斛散之，權且救一時之急。』垢曰：『兵士倘怨如何？』操曰：『吾自有策。』垢依命以小斛分散。操暗使人各寨探聽，無不埋怨，皆言丞相欺眾。操乃密召王垢入曰：『吾欲向你借一物以壓眾心，汝勿吝。』垢曰：『丞相欲用何物？』操曰：『欲借汝頭以示眾耳。』垢大驚曰：『某實無罪。』操曰：『吾亦知汝無罪，但不殺汝，軍心變矣。汝死後，汝妻吾自養之，汝勿慮也。』垢再欲言時，操早呼刀斧手推出門外，一刀斬訖，懸頭高竿，出榜曉示曰：『王垢故行小斛，盜竊官糧，謹按軍法。』於是眾怨始解。」（第十七回）這樣一改，就加強了曹操的毒辣。

再看他怎樣妒賢。且以殺楊修為例。楊修之死，據《魏書（卷十九）．曹植傳》裴注引《典略》說：

二十四年秋，公以修前後泄漏言教，交關諸侯，乃收殺之。修臨死謂故人曰：「我固自以死之晚也。」其意以為坐曹植也。

曹操以曹植驕縱見疏，而曹植與楊修來往最密，故說「其意以為坐曹植也」。曹植傳裴注引《世語》也只說：

太祖遣太子及植各出鄴城一門，密勅門不得出，以觀其所為。……太子至門，不得出而還。修先戒植：「若門不出侯，侯受王命，可斬守者。」植從之。故修遂以交搆賜死。

這裡明言修之死由於交搆曹植，與《典略》說的「交關諸侯」相同，可知楊修的被殺不是如《三國演義》所講：「以雞肋為夜口號，被楊修識破內心，因借惑亂軍心之罪而殺之」的。雞肋一事，據〈武帝紀〉講：「夏侯淵與劉備戰於陽平，為備所殺。三月，王自長安出斜谷，軍遮要以臨漢中，遂至陽平，備因險拒守」一段下，裴注引《九州春秋》說：

時王欲還，出令曰「雞肋」。官屬不知所謂，主簿楊修便自嚴裝，人驚問修何以知之，修曰：「夫雞肋，棄之如可惜，食之無所得，以比漢中，知王欲還也。」

這裡並沒有講楊修因此被殺。《三國演義》所以要這樣寫，在加強曹操的妒賢。我們看它追溯楊修的死因說：「操嘗造花園一所，造成，操往觀之，不置褒貶，只取筆於門上書一『活』字而去。人皆不曉其意。修曰：『門內添活字為闊字也，丞相嫌門闊耳。』於是再築圍牆，改造停當，又請觀之，操大喜。問曰：『誰知吾意？』左右曰：『楊修也。』操雖稱美，心甚忌之。」注意這句「操雖稱美，心甚忌之」。「又一日塞北送酥一合至，操自寫『一合酥』三字於合上，置之案頭，修入見之，竟取匙與眾分食訖。操問其故，修答曰：『盒上明書一人一口酥，豈敢違丞相之命乎？』操雖喜笑，而心惡之。」再注意這句「操雖喜笑，而心惡之」。「操恐人暗中謀害己身，常吩咐左右，吾夢中好殺人，凡吾睡著，汝等切勿近前。一日，晝寢帳中，落被於地，一近侍慌取被覆蓋，操躍起拔劍斬之，復上床睡。半晌而起，假驚曰：『何人殺吾近侍？』眾以實對，操痛哭，命厚葬之。人皆以為操果夢中殺人，惟修知其意。臨葬時，指而嘆曰：『丞相非在夢中，君乃在夢中耳。』操聞而愈惡之。」再注意這句「操聞而愈惡之」。「操第三子曹植愛修之才，常邀修談論，終夜不息，操與眾商議，欲立植為世子。曹丕知之，密請朝歌長吳質入內府商議，因恐有人知道，乃用大簏藏吳質於中，只說是絹疋在內，載入府中。修知其事，逕來告操，操令人於丕府伺察之，丕慌告吳質，質曰：『無憂也，明日用大簏裝絹，再入以惑之。』丕如其言，以大簏裝絹入，使者搜看簏中，果絹也。回曹操，操因疑修設害曹丕，愈惡之。」又是「愈惡之」。「操欲試曹丕、曹植之才幹，一日令各出鄴城門，卻密使人吩咐門吏，令勿放出。曹丕先至，門吏阻之，丕只得退回。植聞之，問於修，修曰：『奉君王命而出，如有阻當者，竟斬之可也。』植然其言。及至門，門吏阻止，植叱曰：『吾奉君之命，誰敢阻當，立斬之。』於是曹操以植為能。後有人告操曰：『此乃楊修之所教也。』操大怒，因此亦不喜植。」注意這句「操大怒，因此亦不喜植」。「修又嘗為植作答數十餘條，但操有問，植即依條答之。操每以軍國之事問植，植對答如流，操心中甚疑。後曹丕暗買植左右，偷答教來告操，操見大怒曰：『匹夫焉敢欺我耶！』此時已有殺修之心，今乃借惑亂軍心之罪殺之。」從這一連串「忌之」、「惡之」、「愈惡之」、「大怒」等等的用辭，可知作者所以要表現這些故事的原因。

原來在〈武帝紀〉末尾裴注引〈曹瞞傳〉說：

太祖……持法峻刻，諸將有計劃出於己者，隨以法誅之。及敵人舊怨，亦皆無餘。

《三國演義》裡凡寫曹操的奸險陰詐處，大部分都是根據〈曹瞞傳〉而加以誇張的。

再看曹操怎樣有篡奪之心，這也是由《三國演義》改變事實或誇大事實而完成的。且以荀彧、荀攸、崔琰之死為例。荀彧之死，《三國演義》講：「曹操在許都，威福日甚，長史董昭進曰：『自古以來，人臣未有如丞相之功者。雖周公、呂望莫可及也。櫛風沐雨，三十餘年。掃蕩群凶，與百姓除害，使漢室復存，豈可與諸臣宰同列乎？合受魏公之位，加九錫以彰功德。』侍中荀彧曰：『不可。丞相本興義兵，匡扶漢室，當秉忠貞之志，守謙退之節，君子愛人以德，不宜如此。』曹操聞言，勃然變色。董昭曰：『豈可以一人而阻眾望。』遂上表請尊操為魏公，加九錫。荀彧嘆曰：『吾不想今日見此事。』操聞，深恨之，以為不助己也。建安十七年冬十月，曹操興兵下江南，就命荀彧同行，彧已知操有殺己之心，託病止於壽春，忽曹操使人送飲食一盒至，盒上有操親筆封記，開盒視之，並無一物，荀彧會其意，遂服毒而亡。」然據《魏書（卷十）．荀彧傳》的實際事實如下：

建安十七年，董昭等謂太祖宜進爵國公，九錫備物，以彰殊勳。密以諮彧，彧以為太祖本興義兵以匡朝寧國，秉忠貞之誠，守退讓之實。君子愛人以德，不宜如此。太祖由是心不能平。會征孫權，表請彧勞軍于譙，因輒留彧，以侍中光祿大夫持節參丞相事。太祖軍至濡須，彧疾，留壽春，以憂薨。時年五十。謚曰敬侯。明年太祖遂為魏公矣。

曹操饋空食器事，見裴松之注引《魏氏春秋》語。《三國演義》與〈荀彧傳〉的說法，固然大體相同，然一說「以憂薨」，一說「饋空食器」，則給人的印象，就大不相同了。

荀攸之死，《三國演義》說：「侍中王粲、杜襲、衛凱、和洽四人，議欲尊曹操為魏王。中書令荀攸曰：『不可，丞相官至魏公，榮加九錫，位已極矣。今又進陞王位，於理不可。』曹操聞之，怒曰：『此人欲效荀彧耶！』荀攸知之，憂憤成疾，臥病十餘日而卒，亡年五十八歲。操厚葬之，遂罷王事。」實際上，荀攸之死，並不如此。《魏書（卷十）．荀攸傳》說：

> 太祖每稱曰：「公達（荀攸字）外愚內智，外怯內勇，外弱內彊，不伐善，無施勞。智可及，愚不可及。雖顏子、寗武，不能過也。」文帝在東宮，太祖謂曰：「荀公達人之師表也，汝當盡禮敬之。」攸曾病，世子問病，獨拜床下，其見尊異如此。攸從征孫權，道薨，太祖言則流涕。

並沒有說荀攸阻魏王事。裴松之注引《魏書》也只是說：

> 太祖令曰：「孤與荀公達同遊二十餘年，無毫毛可非者。」又曰：「荀公達真賢人也。所謂溫良恭儉讓以得之。孔子稱晏平仲善與人交，久而敬之，公達即其人也。」

也沒有因阻曹操稱魏王而激曹操惱怒的話。荀攸之死是病死，所以曹操「言則流涕」，並非因「憂憤成疾，臥病十餘日而卒」。作者所以要這樣寫，無非是加強曹操篡奪的心理。

崔琰之死，《三國演義》講：「班師回許昌，文武眾官皆議立曹操為魏王。尚書崔琰力言不可，眾官曰：『汝獨不見荀文若乎？』琰大怒曰：『時乎！時乎！會當有變，任自為之。』有與琰不合者，告之操，操大怒，收琰下獄問之，琰虎目虬髯，只是大罵：『曹操欺君奸賊。』廷尉白操，操令杖殺崔琰於獄中。」崔琰之死，據正史所載略有不同。《魏書（卷十二）．崔琰傳》說：

琰嘗薦鉅鹿楊訓：「雖才好不足，而清貞守道。」太祖即禮辟之。後太祖為魏王，訓發表稱讚功伐，褒述盛德，時人或笑訓希世浮偽，謂琰失所舉。琰聞，從訓取表草視之，與訓書曰：「省表，事佳耳。時乎時乎，會當有變時。」琰本意：譏論者好譴呵，而不尋情理也。有白琰此書傲世怨謗者，太祖怒曰：「諺曰：『生女耳』，耳、非佳話；『會當有變時』，意指不遜。」於是罰琰為徒隸。使人視之，辭色不撓。太祖令曰：「琰雖見刑，而通賓客，門若市人。對賓客，虬鬚直視，若有所瞋。」遂賜琰死。

由以上的幾個例子，可知羅貫中怎樣在選擇事實、誇大事實、揑造事實、附會事實來創造曹操，因而曹操在我們心目中成了一位不朽的人物。還有，作者要將曹操寫成奸雄，而奸雄是人人憎惡的，可是曹操在事實上是成功的，作者無法改變事實，只有遇到曹操失敗的時候，讓他敗得特別慘。雖說沒有死，然也是九死一生，這樣也可發洩一點憎惡的忿恨。第六十回張松譏曹操說：「丞相驅兵到處，戰必勝，攻必取，松亦素知；昔日濮陽攻呂布之時，宛城戰張繡之日，赤壁遇周郎，華容逢關羽，割鬚棄袍於潼關，奪船避箭於渭水，此皆無敵於天下也！」曹操大怒曰：「豎儒焉敢揭吾短處！」濮陽、宛城、赤壁、華容、潼關、渭水這六次戰役，曹操固然失敗，《三國志》也都有記載，然不像《三國演義》裡寫的那末慘。且當時守華容道的也不是關羽。《魏書（卷一）．武帝紀》裴注引〈山陽公載記〉說：

> 公船艦為備所燒，引軍從華容道步歸，遇泥濘，道不通，天又大風，悉使羸兵負草填之，騎乃得過。羸兵為人馬所蹈藉，陷泥中，死者甚眾。軍既得出，公大喜，諸將問之，公曰：「劉備，吾儔也；但得計少晚。向使早放火，吾徒無類矣。」備尋亦放火，而無所及。

可是到了《三國演義》，「公大喜」改為三次奸笑，而每次笑的結果，都是損兵折將。最後，還是遇到仁至義重的關羽把他放走了。這樣一改：一則寫出曹操的慘，二則寫出曹操的奸，三則襯托出關羽的義氣：一舉而三得，就可知羅貫中的創作手法了。

總括以上分析，可知作者怎樣在歪曲事實、改正事實、選擇事實、增加事實、誇張事實、捏造事實、附會事實來創造劉備與曹操這兩個人物。不只寫這兩個人物用這些手法，即寫諸葛亮、關羽、張飛、孫權、周瑜、魯肅、司馬懿、王朗以及其他一切的人物，無不是用這種手法。再如周瑜，確是一位英雄，如果沒有他，吳、蜀不能聯合，赤壁不能勝戰，在宋朝人的心目中，他還是一位英雄。像蘇東坡的〈赤壁懷古〉就寫：「遙想公瑾當年，小喬初嫁了，雄姿英發。羽扇綸巾，談笑間，檣櫓灰飛烟滅。」「羽扇綸巾，談笑間，檣櫓灰飛烟滅」，以《三國演義》看來，正是諸葛亮，周瑜那當得起？然而事實終是事實，《三國演義》的作者無法掩蓋這種事實，只有壓低周瑜的才能，誣衊周瑜的人品，使他成了度量狹小，詭譎多端，被諸葛亮一氣再氣之後，終於氣死。氣死後，還來一個最漂亮的祭弔。借箭一事，《三國志》裡沒提，《三國志平話》裡有借箭，然是周瑜的功業；可是到了《三國演義》就變成諸葛亮的勞績了。還有魯肅，實在也是一位政治家兼外交家，吳、蜀聯盟，他的關係很大，然到《三國演義》反成了庸才。

從《三國演義》與《三國志》的對照，我們得一個結論：就是凡寫蜀的人物，《三國演義》就特別細膩，特別用氣力，也特別賦予同情；凡寫魏寫吳的人物，就特別潦草，特別歪曲事實，而使讀者對這些人物起一種反感。

二、《三國演義》的主旨

然而，《三國演義》為什麼要這樣寫呢？作家所創造的人物，都為表現他的意識，都有他的目的，這種目的，一定得追究出來；否則，就不能了解作品。可是《三國演義》的主旨是什麼呢？

《三國演義》以桃園三結義始，而三結義的人物是劉備、關羽與張飛。劉備的出身是織蓆小兒，關羽的出身是流亡之徒，張飛的出身是賣酒屠豬。劉備領徐州牧後，袁術大罵說：「汝乃織蓆編履之夫。」（第十四回）劉備與袁術交鋒，術又罵說：「織蓆編履小輩！」諸葛亮在東吳舌戰群儒時，席中一人也罵劉備是「織蓆編履之夫。」（第四十三回）劉備在陽平關與曹操鏖兵，也被曹操罵是「賣履小兒。」（第七十二回）劉備自立為漢中王，曹操在鄴聞知，大怒說：「織蓆小兒，安能如此！」（第七十三回）然為什麼作者要以出身微賤的人物作主人翁呢？自桃園三結義始，《三國演義》裡的一切活動都以蜀漢為主，蜀亡以後，故事也就完結，所以《三國演義》實際應稱《蜀漢演義》。

劉、關、張已經是平民，而《三國演義》裡最主要的人物諸葛亮也是平民。〈前出師表〉說：「臣本布衣，躬耕南陽。」曹操罵他：「諸葛村夫。」（第四十一回）司馬懿罵他：「汝乃南陽耕夫。」（第一百回）在中國的窮文人裡，際遇最好的，諸葛亮算是一位。一般文人在不得志的心情下，最羨慕他。他的出現，作者幾乎用兩回的篇幅來描寫。自他出現後，三國裡的一切活動又都要直接地或間接地歸結到他身上。他死後，故事的發展，還是由他主宰。《三國演義》固是《蜀漢演義》，如再縮小範圍，也可以說是《諸葛亮演義》。自從他出場，作者的一切精力都集中在他身上。壓抑周瑜，壓抑王朗，壓抑司馬懿，以及讓一切人物都來讚揚他的，無非是加強「諸葛亮」這個人物（我曾由此觀點，將《三國演義》節編為《諸葛亮演義》，由正中書局出版）。

作者就用誇大、歪曲、誣衊、補充、改正等等手法，將《三國志》變成了《三國演義》，而劉備、曹操、孫權、諸葛亮、周瑜、魯肅、張飛、關羽等都變了面目。很顯然，作者是站在平民的立場來寫《三國演義》。因為站在平民立場，所以對貴族出身的曹操、孫權就不得不貶低地位了。然為什麼要站在平民的立場呢？還得再追究他的時代意識。

三、《三國演義》的時代意識

這裡所說的「時代」是指文學的時代，不是指朝代。文學的時代是由文學作品比較得來，換言之，就是由許許多多作品中發現其異同，而異同中又有時代的先後，於是將某些相同的稱之為一個時代，另些相異的，稱之為另一時代。我曾將元曲、《三言》、《二拍》、《三國演義》、

《水滸傳》、《西遊記》、《金瓶梅詞話》、《聊齋誌異》、《醒世姻緣傳》、《儒林外史》、《紅樓夢》、《鏡花緣》、《兒女英雄傳》等書作一比較，而發現它們都是站在平民的立場來寫作，故稱之為平話時期。拙著《文學新論》第十五章裡，曾有詳細的分析，這裡不再重述。

從元朝起，我國文學起了大的變化，走向了新的道路。元人以游牧民族入主中國，根本不懂文化，所以不重視讀書人。據傳說：當時把人民分成十等，而讀書人列在第九等。第八等是娼妓，第十等是乞丐，文人是娼之下丐之上的一種人，把文人污辱到什麼程度！我國的讀書人，一向以作官為出路，而元人每佔據一個地方，即派一個功臣治理，甚至縣官也是如此。這些官都是世襲的。加以數十年沒有科舉（仁宗皇慶二年後，雖舉行科舉，而將蒙古、色目人與漢人、南人分榜考試。左榜為蒙古、色目人，多屬具文。右榜為漢人、南人，然真才實學者，又多不應舉）。到了明朝，統制者雖是漢人，然對士大夫非常嚴峻。洪武九年，葉伯巨上書說：「今之為士者，以混迹無聞為福，以受玷不錄為幸。以屯田工役為必獲之罪，以鞭笞捶楚為尋常之辱。」葉伯巨竟因此死於獄中。《三國演義》的作者是元末明初的人，在這種政治社會的環境下，就可知道他的感遇。讀書人既沒有出路，只有站在平民立場來替平民講話，於是產生了平民文學。平民文學的作家當然要選平民為他的主人翁。他的同情心當然也放在平民身上，於是平民建立的帝國自然成了正統，而貴族出身的曹操、孫權必然成了奸賊。文人在受著輕視的心情下，作者是文人，自然要對文人加以重視，於是躬耕南陽的農夫諸葛亮被誇大了。但是作者的氣憤是不敢明白表現的，只有一方面隱匿姓名，另一方面用歷史故事以作掩護。美學上所說的「距離說」就是在這種心情下產生的。

元人宮天挺的《范張雞黍》裡有一段，描寫這時候文人心理與他們的遭遇，頗為透徹，茲引於下，以見一般。

〈天下樂〉　你道是文章好立身，我道今人都為名利引，怪不著赤緊的翰林院，那夥老子每錢上緊。他歪吟的幾句詩，胡謅下一道文，都是些要人錢，諂佞臣。

〈那吒令〉　國子監裡助教的尚書是他故人；秘書監裡著作的參政是他丈人；翰林院應舉的是左丞相的舍人；則《春秋》不知怎的發，《周禮》不知如何論，制詔誥是怎的行文！

〈鵲踏枝〉　我堪恨那夥老喬民，用這等小猢猻，但學得些粧點皮膚，子曰詩云。本待要借路兒苟圖一個出身，他每現如今都齊了行不用別人。

〈寄生草〉　將鳳凰池攔了前路，麒麟閣頂殺後門。便有那漢相如獻賦難求進，賈長沙痛哭誰偢問，董仲舒對策無公論！便有那公孫弘撞不開昭文舘內虎牢關，司馬遷打不破編修院裡長蛇陣。

〈么篇〉

口邊廂妳腥也猶未落，頂門上胎髮也尚自存，生下來便落在那爺羹娘飯長生運，正行著兄先弟後財帛運，又交著夫榮妻貴催官運。你大拚著十年家富小兒嬌，也少不的一朝馬死黃金盡。

〈六么序〉

您子父每輪替著當朝貴，倒班兒居要津，則欺瞞著帝子王孫。猛力如輪，詭計如神，誰識您那一夥害軍民聚斂之臣！現如今那棟樑材平地上剛三寸，你說波，怎支撐那萬里乾坤？都是些裝肥羊法酒人皮囤，一個個智無四兩，肉重千斤！

這段話把文人的不平之氣，赤裸裸的表現無遺。他們「本待要借路兒苟圖一個出身」，而當權的人們「都齊了行不用別人」。平民文學就在這種氣憤不過的現象下產生的。

同樣，《三國演義》也是表現這種「不平」。劉、關、張殺敗黃巾賊，救了董卓回寨（第一回），卓問「三人現居何職？」玄德曰：「白身。」卓甚輕之，不為禮。玄德出，張飛大怒曰：「我等親赴血戰，救了這廝，他卻如此無禮。若不殺他，難消我氣！」便要提刀入帳來殺董卓。後來劉、關、張又協助朱雋擊潰黃巾賊孫仲，「雋表奏孫堅、劉備等功。堅有人情，除別郡司馬。惟玄德聽候日久，不得除綬，三人鬱鬱不樂。」袁紹與華雄戰，數折大將，眾皆失色。紹曰：「可惜吾上將顏良、文醜未至，得一人至此，何懼華雄？」言未畢，階下一人大呼出曰：

「小將願往斬華雄獻於帳下。」……紹問何人?公孫瓚曰:「此劉玄德之弟關羽也。」紹問現居何職?瓚曰:「跟隨劉玄德充馬弓手。」帳中袁術大喝曰:「汝欺吾眾諸侯無大將耶!量一弓手,安敢亂言,與我打出!」……只見玄德背後轉出張飛,高聲大叫:「俺哥哥斬了華雄,不就這裡殺入關去,活捉董卓,更待何時?」袁術大怒,喝曰:「俺大臣尚自謙讓,量一縣令手下小卒,安敢在此耀武揚威?都與趕出帳去!」曹操曰:「得功者賞,何計貴賤乎?」袁術曰:「既然公等只重一縣令,我當告退。」操曰:「豈可因一言而誤大事耶?」(第五回)只從這幾段話來看,就知《三國演義》是站在平民的立場來寫作,那末,要想瞭解它,就應該從平民意識來著手了。

現代研究文學的人,有一種普通的錯誤,就是將作者用以表現的材料認為就是作者寫作的目的。例如《三國演義》以三國的史事作材料,就認為作者的目的在使三國故事通俗化。作者之寫作,是在表現他心靈裡不得不表現的意識,他的意識決定了,可以用神怪的故事如《西遊記》,可以用當代的故事如《金瓶梅》,可以用歷史的故事如《水滸傳》與《三國演義》。只在故事的本身下工夫,不會了解作品價值的。考證三國時代的社會情形,絕對不會了解《三國演義》。得從作者生存期間的元、明兩朝著手,看看那時期的思想主潮是什麼?政治現象是什麼?作者的理想在實踐時遇到了什麼阻礙?這些阻礙在作家心靈上起了什麼樣的反應?才能知道作家為什麼要從事寫作,為什麼要改變歷史,為什麼要用不同的創造方式。

作品的研究，可循兩條大路：一從作者入手，一從作品的時代著手。凡作者生平有詳細資料可資憑藉的，最好從作者入手。藉此生平資料，可知他的人生理想是什麼？當他實踐理想時，所遇到的阻礙是什麼？他的感觸是什麼？他的情感由何而發？這樣，就可追究出他的寫作意識。作品裡的思想、情感、文字、表現手法等等都由這種意識而決定的。可是遇到沒有作者或作者的生平不詳的時候，就只有從作品的時代著手了。也就是說，從同時期作品的比較了。因為有同樣理想、同樣環境、同樣感觸、同樣感情的人，寫出的作品，即令稍有不同，然有一種共同的氣氛。就由這種共同的氣氛，來認識同時期的作品。《三國演義》的認識，就得由這種方法。《三國演義》的作者是羅貫中，然對羅貫中的生平一無所知。況且，這一時期的作品，大都不著作者姓名，根本無法根據作者生平來認識作品。不過，作者的生平儘可不知，而作者的生存期間，一定得追究出來。真正的作品都是當時社會的反映，儘管他為創作的自由，而將距離放在歷史上，然實際的感觸還是由當時的社會所刺激的。所以作者的生存期間，為了解作品的必究之路。知道了作者的生存期間，就可根據他那時的政治、經濟、社會、思想、宗教的種種環境而了解他寫作的用意。此其所以為了解《三國演義》，我們要追述元末明初的政治、社會的原因。

四、《三國演義》的價值

講到這裡，可以一談《三國演義》的價值了。

胡適之先生在〈三國演義序〉（《胡適文存》二集卷四，頁二一九至二三二）批評這部小說是：（一）「拘守歷史的故事太嚴，而想像力太少，創造力太薄弱。」（二）「《三國演義》的作者、修改者以及最後寫定者、都是平凡的陋儒，不是有天才的文學家，也不是高超的思想家。」（三）「《三國演義》最不會剪裁，他的本領在於搜羅一切竹頭木屑，破爛銅鐵，不肯遺漏一點。因為不肯剪裁，故此書不成為文學的作品。」可是最後他又不能不承認「《三國演義》究竟是一部絕好的通俗歷史。在幾千年的通俗教育史上，沒有一部書比得上他的魔力。」這段批評的影響很大，以致讀《三國演義》的人，都不願再作深刻的研究；所以這部書的價值，至今還隱藏著。

從我們的分析，可知羅貫中是在怎樣誇張事實、揑造事實、附會事實、歪曲事實、改正事實、補充事實而來創造他的人物，如此的創造，能以說他「拘守歷史的故事太嚴」麼？他整個推翻了《三國志》的史實，而重新創造了一個新的歷史、新的世界、新的帝國，能以說他「想像力太少，創造力太薄弱」麼？敢於推翻歷史，敢於反抗時代，敢於依據自己的情感而重新創造一個完整的、動人的新天地，能以說他「不是有天才的文學家」麼？假如這樣的作者不算有天才，那末，怎樣的作者才算有天才呢？敢於反抗當時的黑暗政治，而重新創造了一個光明的、富於理想的、生氣勃勃的帝國，能說他「不是高超的思想家」麼？一位作家並不見得他正面表現了高超的思想就是高超的思想家；以文學的藝術看來，能將高超的思想形相化、具體化，才是成功的作家。劉備、諸葛亮、關羽整個代表了我國人理想中的帝王、宰相、軍人的風範，而啟發了人類向上的心靈，這種思想還不高超，那末，那種思想算是高超呢？小說家的目的在創造人物，他的一切材料，一切佈局，都為這些人物而設，他能恰當地表現了他的人物，人物才能生動，才能在讀者的心靈上栩栩如生。羅貫中創造了這麼多的生動人物，假如他「不會剪裁」，怎麼可以辦得到呢？假如作者恰當地表現了他的意識，而使讀者也得到了與作者同樣的意識，那就是成功的表現，「搜羅一切竹頭木屑，破爛銅鐵」正是他表現的手法。一切東西，凡得到適當用處的，就有價值；否則，金銀財寶，綾羅綢緞，也變為無用之物。胡先生既然承認《三國演義》「在幾千年的通俗教育史上，沒有一部書比得上他的魔力」，那末，有「魔力」的書「不成為文學的作品」，又是什麼呢？

小說人物的來源有二：一由實際社會的體會；一由歷史事實的搜集。小說人物與實際人物所不同的，是小說的人物把實際性格單純化後並又誇大化。一個實際人物的性格，異常複雜：有寬仁的我，同時也有奸詐的我；有忠厚的我，同時也有刻薄的我；有粗魯的我，同時也有謹慎的我；有正直的我，同時也有多變的我。這些性格數是數不清的，但小說家要從一個實際人物創造另一個理想人物時，必得單取一種性格來描寫，才能顯出人物的特性。選定某理想人物賦以某種性格後，還得把此種性格誇大。所謂誇大的意思，就是把實際人類所有與某選定性格同類的，盡可能地都加在這個理想的人物身上，因為不如是，性格不能顯著。不過想像小說家與歷史小說家選擇性格的範圍，略有殊異。前者在實際社會，後者在史事的領域。其實，歷史上人物，也是死去的實際人物，所以歷史小說家又往往可以推理度情，在近乎情理的範圍中，用當代實際社會的情形，來渲染他的歷史人物。羅貫中在這一方面是成功的，因為他的人物較任何中國的歷史小說都生動，且又近於史事。胡先生對社會小說好像特別感興趣，故對《紅樓夢》、《儒林外史》、《醒世姻緣傳》考證得特別好，估價也特別高，對歷史小說的考證就潦草從事，且認為沒有文學的價值。不過這也難怪，胡先生是從歷史與考證兩種方法來研究文學的。這兩種方法，用在文學研究上是有限度的。超過了它的限度，就要產生錯誤與偏見。

有人說《三國演義》把張飛寫錯了，歷史上的張飛並不是魯莽粗野，怎能把他寫成李逵一樣的人物呢？請讀者不要小瞧魯莽的張飛，他在小說中的任務正同李逵在《水滸傳》中的任務一樣重要。他們講的話正是作者想講而不敢正面講的。戲劇中有一種丑角，凡是作者對現實社會有所批評而不敢用主角來講時，就讓丑角代替。丑角的話不為人重視，觀眾哈哈一笑，就將嚴重性輕輕放過了。張飛、李逵的任務，就像戲劇裡的丑角，也是代替作者在講話。想想李逵講的：「你的皇帝姓宋，我的哥哥也姓宋，你做得皇帝，偏我哥哥做不得皇帝！」張飛說的：「異姓之人，皆欲為君，何況我哥哥乃漢朝宗派，莫說漢中王，就稱皇帝有何不可？」這不是要造反麼？知道了元、明文人對當時政府仇恨的心理，就知道李逵、張飛的話是作者的真心話了。這些真心話出自李逵、張飛之口，大家就一笑置之；倘正面講來，豈不殺頭？由此，可知賦張飛以魯莽的性格，是有深意的。

另有人說，《三國演義》之所以風行，由於三國的人物輩出，情節熱鬧（適之先生也有這種意思）。戰國時代的人物更多，事情更熱鬧，而《列國志演義》為什麼不受人喜歡？此中原因，就由《三國演義》賦歷史故事以作者的情感；而《列國志演義》真的在作通俗歷史的工作。又因賦歷史故事以作者的情感，表面上「拘守歷史的故事太嚴」，表面上「搜羅一切竹頭木屑，破爛銅鐵」，而實際是整個改變了歷史，整個是一部創造。《列國志演義》真的是「拘守歷史的故事」，真的是「搜羅一切竹頭木屑，破爛銅鐵」，而在作「通俗歷史」，所以不能「成為文學的作品」。到此，我們可以了解《三國演義》之在歷史小說裡所以沒有「比得上他的魔力」的緣故了。

總之，《三國演義》表現了它自己的時代，等於《紅樓夢》表現它自己的時代一樣。如果能回到《三國演義》的時代來看《三國演義》，就可知它所表現的人類心靈，較之《紅樓夢》所表現的範圍還要廣大，還要普遍；所以它就受最廣大，最普遍的平民所歡迎了。它的價值一點也不亞於《紅樓夢》，而其影響反較《紅樓夢》為大。只以通俗歷史小說的眼光來看它，是不可能瞭解它的。

原作臺灣世界書局刊行的《三國演義》序文

《西遊記》的價值

文藝作品的研究，主要目的在追究作品的主旨，換言之，就是追究作者為什麼要寫這部作品的原因。《西遊記》之所以始終未被了解，就在沒有從這方面著手。然怎樣才能知道它的主旨呢？可從兩方面著手：一是小說人物與歷史人物的比較；二是作者生平及其生存環境的認識。《西遊記》的故事固是唐僧取經；但它所寫的唐僧並不是歷史上的玄奘；並且《西遊記》的主人翁也不是唐僧而是孫悟空。這一點弄清楚了，了解《西遊記》就有路線。茲先從唐僧與玄奘比較起。

一、唐僧與玄奘的比較

唐沙門慧空做的《慈恩三藏法師傳》說：

> 行百里，失道，覓野馬泉，不得。下水欲飲（下字作「取下來」解），袋重，失手覆之。千里之資，一朝斯罄……四顧茫然，人鳥俱絕。夜則妖魑舉火，爛若繁星；晝則驚

風擁沙，散如時雨。雖遇如是，心無所懼。但苦水盡，渴不能前。是時，四夜五日，無一滴霑喉；口腹乾燋，幾將殞絕，不能復進，遂臥沙中。默念觀音，雖困不捨。啟菩薩曰：「玄奘此行，不求財利，無冀名譽，但為無上道心正法來耳。仰惟菩薩慈念眾生，以救苦為務。此為苦矣，寧不知耶？」如是告時，心心無輟。至第五夜半，忽有涼風觸身，冷快如沐寒水，遂得目明，馬亦能起。（引《胡適文存》二集，頁三五六至三五七）

宗教家是以祈禱來克服苦難，《西遊記》的唐僧是怎樣呢？第十五回敘他的馬被龍吃了，你看他：

三藏道：「既是他吃了，我如何前進？可憐呵！這萬水千山，怎生走得！」說著話，淚如雨落。行者見他哭將起來，他那裡忍得住暴燥，發聲喊道：「師父莫要這等膿包形麼！你坐著！坐著！等老孫去尋著那廝，叫他還我馬匹便了。」三藏卻纔扯住道：「徒弟呵！你那裡去尋他？只怕他暗地攛將出來，連我都害了？那時節人馬兩亡，怎生是好！」行者聞得這話，越加嗔怒，就叫喊如雷道：「你忒不濟！不濟！又要馬騎，又不放我去，似這般看著行李，坐到老罷！」

《西遊記》裡所寫的唐僧就是這種膿包相。所以孫悟空三番五次勸他唸多心經。他時時刻刻擔心著性命，甚而他願做孫悟空的徒子徒孫，只要悟空救了他。他在比丘國，聽說國王要以他的心作藥引，「諕得他三屍神散，七竅烟生。倒在塵埃，渾身是汗，眼不定睛，口不能言。」及至聽到悟空能救他，你看他說：「你若救得我命，情願與你作徒子徒孫。」很顯然，作者不是以宗教家的虔誠心理來寫唐僧。宗教家遇到困難是「心無所懼」，是「默念觀音」；而唐僧是「魂飛魄散」，是「紛紛落淚」，是只求悟空的保護。

再者，歷史上的唐僧取經，主動在玄奘。《慈恩三藏法師傳》說：

> 既遍謁眾師，備餐其說；詳考其義，各擅宗途。驗之聖典，亦隱顯有異，莫知適從。乃誓遊西方，以問所惑。並取《十七地論》，以釋眾疑。

又說：

> 遠人來譯，音訓不同；去聖時遙，義類乖舛；遂使雙林一味之旨，分成當現二常，他化不二之宗，析為南北兩道。紛紜爭論，凡數百年。率土懷疑，莫有匠決。玄奘……負笈從師，年將二紀。……未嘗不執卷躊躇，捧經佗傺；望給園而翹足，想鷲嶺而載懷。

> 願一拜臨，啟伸宿惑。雖知寸管不可窺天，小蠡難為酌海，但不能棄此微誠，是以束裝取路。（引《胡適文存》二集，頁三五五）

可是《西遊記》裡往西天取經的主動人是如來。第八回說：

> 我（如來自稱）今有三藏真經，可以勸人為善。……我待要送上東土，叵耐那眾生愚蠢，毀謗真言，不識我法門之要旨，怠慢了瑜迦之正宗。怎麼得一個有法力的，去東土尋一個善信，教他苦歷千山，遠經萬水，到我處求取真經，永傳東土。

這是取經的志願原本發動於如來。世間的取經發動者為太宗，也不是唐僧。太宗聽了菩薩的勸告，才要差人往西天取經，唐僧不過應徵而已。至多他不過說：「我這一去，定要捐軀努力，直至西天。如不到西天，不得真經，即死也不敢回國，永墮沉淪地獄。」此話講得固然堅決，固然熱誠，但與「誓遊西方，以問所惑。並取《十七地論》，以釋眾疑」，和「未嘗不執卷躊躇，捧經侘傺；望給園而翹足，想鷲嶺而載懷。願一拜臨，啟伸宿惑」的話相較，就知一個是對經的本身熱誠，一個是對主子的忠誠。兩個玄奘的基本心理，大相懸殊。玄奘起程是「結侶陳表，有詔不許。諸人咸退，唯法師不屈。既方事孤遊，又承西路艱險，乃自試其心以人間眾苦，種種調伏，堪任不退。」可是唐僧起程是太宗與眾文武官員歡送的御弟。

不止唐僧不是玄奘，不是《西遊記》的主人翁，在作者的筆下還將他寫成了一個膿包。上面曾引行者罵他是「膿包形」。七十四回裡，經過八百里獅駝嶺時，一聽到有妖怪，就又眼中流淚，孫悟空又罵他「膿包形」。他不但是膿包，而且是一頭水，信讒言。他聽八戒說悟空能將烏雞國王醫活，他馬上就講：「正是救人一命，勝造七級浮屠，我等也強似靈山拜佛。」悟空認為事實上不可能，八戒曉得唐僧是「一頭水的」，又說：「師父，莫被他瞞了，你祇念了那話兒，管他還你一個活人。」真個唐僧就念緊箍兒咒，勒得那猴子眼脹頭痛，只有答應醫治。唐僧問怎樣醫，悟空道：「只除到陰間問閻王，討了他魂靈來。」八戒道：「師父，莫信他，他原說不用到陰司，陽世間就能醫治，方見手段哩！」那長老「信邪風」，又念緊箍兒咒，慌得行者滿口應承（第三十八回）。作者把唐僧的性格寫成「膿包」、「一頭水」、「信邪風」，不是沒有用意的。還有，行者打殺幾個毛賊，原是替他除害，而他反撮土焚香，祝告好漢，叫他們：「到森羅殿下興詞，倒樹尋根。他姓孫，我姓陳，各居異姓。冤有頭，債有主，切莫告我取經僧人。」八戒笑道：「師父推得乾淨。他打時，卻也沒有我們兩個。」他真個又祝告道：「好漢告狀，只告行者，也不干八戒和沙僧的事。」這些地方，請不要只當滑稽來看。還有唐僧離了悟空是取不成經的，「祇怕你無我，去不到西天。」這話在悟空嘴裡不知說過多少次。如來破獲了假行者後，觀音對唐僧說：「你今須是收留悟空，一路上魔障未消，必須他保護你，才得到靈山見佛取經。」如果我們細讀一下第五十七回假猴王水簾洞謄文一段，就知《西遊記》的作者是將唐僧作傀儡看。假行者對沙僧道：「我打唐僧，搶行李，不因我不上西方，亦不因我愛居此地。我又熟讀了牒文，自己上西方拜佛求經，送上東土，我獨成功，教那南贍部州人，立我為主，萬代傳名。」試想，如果唐僧不是膿包，不是傀儡，不是一頭水，不是信邪風，激不出孫悟空的離心離德，而有假行者的出現。所以我們再講一次，小說中的唐僧不是歷史上的玄奘，他倆的性格完全殊異，拿歷史的玄奘來證小說的唐僧，是沒用處的。

玄奘是一位了不起的人物，對我國文化的貢獻很大；而唐僧呢？是一位「膿包」，是一位「軟耳朵」、「信邪風」、「信讒言」、「一頭水」的人。《西遊記》的故事固然採自唐僧取經；但作者的目的不在「取經」，這是顯然的事實。

二、唐僧與孫悟空

《西遊記》的主人翁不是唐僧又是誰呢？是孫悟空。本書一開始，就用七回的篇幅來介紹孫悟空，也是有用意的。然孫悟空是一位怎樣的人物呢？是一位不得志的英雄。悟空被祖師稱為「天地生成的」英雄，修鍊成功後，玉帝只給他一個弼馬溫的職位。當初他不知弼馬溫是什麼官爵，歡喜而受，及至聽到「這種官兒最低最小」，只可看馬，不覺心頭火起，咬牙大怒道：

「這般藐視老孫！」之後，玉帝差李天王與哪吒帶領巨靈神、魚肚將、藥叉將收降，被悟空打得大敗而歸，不得已才照他自稱的「齊天大聖」封位然，「只是加他空銜，有官無祿」。及至歸降如來，赴西天取經，偏偏又遇到「一頭水」、「信邪風」、「軟耳朵」的唐僧。白虎嶺的屍魔變成一個女的要捉唐僧，被行者打死，而唐僧反以為「故傷人命」。及至看到齋僧的飯食都是些長蛆、青蛙、癩蝦蟆一類東西後，卻有三分兒信了，怎禁豬八戒的讒言，以致驅逐悟空。我們看一段第三次打死屍魔後的描寫：

那僧在馬上，又諕得戰戰兢兢，口不能言。八戒在旁邊又笑道：「好行者，發瘋了，只行了半日路，倒打死三個人！」唐僧正要念咒，行者道：「他是個潛靈作怪的僵屍，在此迷人敗本；被我打殺，他就現了本相。他那脊樑上有一行字，叫做白骨夫人。」唐僧聞說，倒也信了；怎奈那八戒旁邊唆嘴道：「師父，他的手重棍兇，把人打死，只怕你念那話兒，故意變化這個模樣，掩你的眼目哩！」唐僧果然「耳軟」，又信了他，遂復念起。行者道：「師父錯怪了我也。這廝分明是個妖魔，他實有心害你，我倒打死他，替你除了害，你卻不認得，反信了那獃子讒言冷語，屢次逐我。常言道：『事不過三』，我若不去，真是個下流無恥之徒。我去！我去！——去便去了，只是你手下無人。」唐僧發怒道：「這潑猴越發無理！看起來，祇你是人，那悟能、悟淨就不是人？」那大聖一聞此言——他兩個是人——止不住傷情悽慘，對唐僧道聲：「苦呵！你那時節，出了長安，有劉伯欽送你上路；到兩界山，救我出來，投拜你為師。我曾穿古洞，入深林，擒魔捉怪；收八戒，得沙僧，吃盡千辛萬苦；今日昧著惺惺使糊塗，衹教我回去；這才是『鳥盡弓藏，兔死狗烹』！——罷！罷！罷！但衹是多了那緊箍兒咒。」唐僧道：「我再不念了。」行者道：「這個難說，若到那毒魔苦難處不得脫身，八戒、沙僧救不得你，那時節，想起我來，忍不著又念誦起來，就是十萬里路，我的頭也是疼的；假如再來見你，不如不作此意。」唐僧見他言言語語，越發惱怒，滾鞍下馬來，叫沙僧在包袱內取出紙筆，即於澗中取水，石上磨墨，寫了一紙貶書，遞與行者道：「猴頭，執此為照，再不要你作徒弟了！如再與你相見，我就墮了阿鼻地獄！」行者連忙接了貶書道：「師父不消發誓，我老孫去罷。」他收書摺了，留在袖內，又軟款對唐僧道：「師父，我也是跟你一場，又蒙菩薩指教，今日半途而廢，不曾成得功果。你請坐，受我一拜，我也去得放心。」唐僧轉回身下拜道：「我是個好和尚，不受你歹人的禮。」大聖見他不睬，又使個身外法，把腦袋毫毛拔下三根，吹口仙氣，叫「變」，即變了三個行者，連本身四個，四面圍住師父下拜。那長老左右躲不脫，好歹也受了一拜。大聖跳起來，把身一抖，收起毫毛，卻又吩咐沙僧道：「賢弟，你是個好人，卻只要留心防著八戒詀言詀語，途中更要仔細，倘一時有妖精拿住師父，你就說老孫是他的大徒弟。西方毛怪，聞我的手段，不敢傷我師父。」唐僧道：「我是個好和尚，不提你這歹人的名字，你回去罷。」

那大聖見長老三番兩覆不肯轉意回心，沒奈何才去。

這段話裡，整個表現了孫悟空忠心耿耿，同時，也表現了唐僧的「軟耳朵」、「信讒言」。對照之下，兩個人物的性格十分顯著。孫悟空沒有一時一刻不想效忠唐僧，然事實如何呢？我們看他垂淚對菩薩講的：

當年弟子為人，曾受那個氣來？自蒙菩薩解脫天災，秉教沙門，保護唐僧往西天拜佛求經，我弟子捨身捨命，解救他的魔障，就如老虎口裡奪脆骨，蛟龍背上揭生鱗。只指望歸真正果，洗孽除邪，怎知那長老背義忘恩，直迷了一片善緣，更不察皂白之苦。

這是悟空的真心話，也是他的真正苦惱。

三、作者的生平及其生存的環境

任何小說的人物，都是配合主旨而創造，作者之創造唐僧與孫悟空這兩個人物，自然有他的作用。然是什麼作用呢？應當於作者生平與生存環境中求之。《西遊記》的作者是吳承恩，據天啟《淮安府志》十六，《人物志》二，《近代文苑》說：

> 吳承恩性敏而多慧，博極群書，為詩文下筆立成。清雅流麗，有秦少游之風。復善諧劇，所著雜記，名震一時。數奇，竟以明經授縣貳，未久，恥折腰，遂拂袖而歸。放浪詩酒，卒。

他的才氣那末高，學識那末博，名望那末重而竟遭時不遇，從明經出身，只做個縣貳，無怪乎他要恥折腰，拂袖而歸，放浪詩酒了。這是他的個人身世。由此可知孫悟空這樣不得志的人物是怎樣來的。作者是以一肚子的不平來寫《西遊記》。然只從個人的身世，還不能深切了解他的意識，還得再從作者的生存期間來追究。

吳承恩是明世宗時候人。首先我們看明世宗是怎樣的昏庸誤國。吳承恩的生年我們不知道，惟據光緒〈淮安府志貢舉表〉，知道他是明世宗嘉靖甲辰（即嘉靖二十三年，西元一五四四年）歲貢生。嘉靖共有四十五年，他是穆宗隆慶初年歸山陽，自舉貢至隆慶初有二十多年，是他生活中最受苦痛的時期。那末，如果曉得了明世宗，也就知道他所遇到的政治與社會背景了。我們想從佞臣陶仲文的得寵，來反映世宗的昏庸。

陶仲文，嘗受符水訣於羅田萬玉山。嘉靖中，以符水噀絕宮中妖。莊敬太子患痘，禱之而瘥，帝深寵異。十八年南巡，次衛輝，有旋風繞帝駕，帝問：「此何祥也」？對曰：「主火。」是夕行宮果火，宮人死者甚眾。帝益異之。授「神霄」、「保國」、「宣教」高士。尋封「神霄」、「保國」、「弘烈」、「宣教」、「振法」、「通真」、「忠孝」、「秉一」真人。明年八月，欲令太子監國，專事靜攝，太僕卿楊最疏諫，杖死。廷臣震懾，大臣爭諂媚，取容神仙，禱祀日亟。帝有疾，既而瘳，喜仲文祈禱功，特授少保、禮部尚書。久之，加少傅，仍兼少保。仲文起筦庫，不二歲登三孤。乃請建雷壇於鄉縣，祝聖壽，公私騷然。御史楊爵、郎中劉魁、給事中周怡陳時事有「日事禱祠」語，帝大怒，悉下詔獄。吏部尚書熊浹諫乩仙，即令削籍。自是中外爭獻符瑞，焚修齋醮之事，無敢指及之者矣。帝自廿年遭宮婢變，移居西內，日求長生，郊廟不親，朝講盡廢，君臣不相接，獨仲文得時見，見輒賜坐，稱之為師而不名。心知臣下必議己，每下詔旨，多憤疾之辭，廷臣莫知所指。小人顧可學、盛端明、朱隆禧輩皆緣以進。其後，夏言以不冠香葉冠，積他釁至死。而嚴嵩以虔奉焚修，蒙異眷者二十年。大同獲諜者王三，帝歸功上元，加仲文少師，仍兼少傅、少保，一人兼領三孤，終明世，惟仲文而已。久之，授特進光祿大夫柱國，兼支大學士俸。廕子世恩為尚寶丞，復以聖誕，加恩給伯爵俸。授其徒郭弘經、王永寧為高士。時都御史胡纘宗下獄，株連數十人。二十九年春，京師災異頻見，帝以咨仲文，對言：「慮有冤獄，得雨方解。」俄司法上讚宗等爰書，帝悉從輕典，果得雨。乃以平獄功，封仲文恭誠伯。歲祿千二百石。弘經、永寧封真人。三十二年，仲文言齊河縣道士張演昇建大清橋，濬河得龍骨一，重千斤，又突出石沙一，脈長數丈，類有神相，帝即發帑銀助之。帝益求長生，日夜禱祠。簡文武大臣及詞臣入直西苑，供奉青詞。四方奸人段朝用、龔可佩、藍道行、王金、胡大順、藍玉田之屬咸以燒煉符咒，熒惑天子，然不久皆敗，獨仲文恩寵日隆，久而不替。士大夫或緣以進。仲文得寵二十年，位極人臣。（《明史・卷三百七・佞倖傳》）

以上一段，固在講陶仲文的得寵，而實際就是表現世宗。對世宗的性格，可有幾點認識：第一、他殺戮忠良。如杖死楊最，削籍熊浹，罪責楊爵、劉魁、周怡等。第二、任用奸邪。如陶仲文得寵二十年，小人顧可學、盛端明、朱隆禧皆緣以進。第三、迷信仙道。段朝用、龔可佩、藍道行、王金、胡大順、藍玉田皆燒煉符咒，熒惑天子。第四、任用奸臣。如嚴嵩以虔奉焚修，蒙異眷者二十年。第五、庸祿之輩得以逢迎苟合。大臣等爭諂媚，取容神仙，禱祀日亟。

由此，可知《西遊記》裡的五種背景。第一、寶象國的公主對她丈夫妖魔說的：「我父王不是馬掙力戰的江山，他本是祖宗遺留的社稷，自幼兒是太子登基。」世宗是十四歲即位的。又妖魔變作駙馬，反說唐僧是妖怪，作者寫：「你看那水性的君王，愚迷肉眼，不識妖精，轉把他一片虛詞當了真實。」（第三十回）自幼登基與水性的君王，與世宗的身分性格頗合。第二、車遲國的崇奉道士與壓迫和尚。虎力、鹿力、羊力三個大仙被悟空打殺後，那國王哭到天晚，悟空教訓他說：「今日滅了妖邪，方知是禪門有道。向後來，再不可胡為亂信。望你把三道歸一：也敬僧，也敬道，也養育人才，我保你江山永固。」（第四十七回）知道了世宗是篤信道士，就知道這些話並不是無因而發的。第三、祭賽國：「文也不賢，武也不良，國王也不是有道。」（第六十二回）這段話也是有用意的。第四、獅駝國的國王及文武官僚，滿城大小男女都被妖精吃了。也就是說被道士迷惑了（第七十五回）。第五、比丘國王被道士模樣的妖魔迷惑，稱為「國丈」，國丈獻一美女，以致不分晝夜，貪歡不已，而國丈又獻海外秘方。世宗稱陶仲文為「師」，與國丈又相同。以上五點，絕不是偶然的相合，而是以象徵的手法來寫現實。

其次，我們再看《明史．嚴嵩傳》裡所反映的世宗性格。《明史．卷三百八．奸臣傳》說：

> 嵩無他才略，惟一意媚上，竊權罔利。帝英察自信，果刑戮，頗護己短，嵩以故得因事激帝怒，戕害人以成其私。然帝雖甚親禮嵩，亦不盡信其言，間一取獨斷，或故示異同，欲以殺離其勢。嵩父子獨得帝竅，要欲有所救解，嵩必順帝意痛詆之，而婉曲解釋，以中帝所不忍。即欲排陷者，必先稱其微，而以微言中之，或觸帝所恥與諱，以是移帝喜怒，往往不失。

這一段所講的不就是唐僧的性格麼?不就是「信邪風」、「信讒言」、「一頭水」、「軟耳朵」的唐僧麼?

「唐僧」這個人物固可由上兩段推知他的來源,即豬八戒與沙僧的來源也可想而知了。佛家原有八戒之說,所謂八戒就是:一不殺生;二不偷盜;三不邪淫;四不妄語;五不飲酒;六不坐高廣大床;七不著華鬘瓔珞;八不習歌舞伎樂。以此八戒來衡量豬八戒,他沒有一戒。豬八戒種種奸邪的行為,不就是嚴嵩麼?沙僧呢?是一位最忠厚,然最沒有用的人,不就是那群尸位素餐之輩麼?所以孫悟空聽唐僧說他們也是人,「止不住傷情悽慘」了!八戒最壞,最不忠誠,最不講道義,而唐僧偏偏最喜歡他。悟空最忠誠,最能幹,而唐僧偏偏懷疑他,斥責他,驅逐他,怎能不令人氣忿呢!

文學是情感的表現,而情感由於現實的刺激。吳承恩才氣縱橫,名盛一時,而只由明經作個縣貳,等於孫悟空是「天地生成」的英雄,而只作個弼馬溫一樣。他所處的時代是君昏臣庸,奸邪當道,所以創造了唐僧、豬八戒、沙僧這些人物來象徵。不但主要人物是由現實社會而來,即一般妖怪,也是現實社會的反映。如烏雞國王的魂靈向唐僧求救,唐僧問他為什麼不到陰司閻王處告狀,他說:

> 他的神通廣大,官吏情熟,那城隍常與他會酒,海龍王盡與他有親,東嶽泰山是他

> 的好朋友，十代閻羅是他的異兄弟。——因此這般，我也無門投告。（第三十七回）

衡陽峪黑水河神府被妖魔佔據，他向行者訴冤說：

> 我卻沒奈何，竟往海內告他，原來西海龍王是他的母舅，不准我的狀子，教我讓與他住。我欲啟奏上天，奈何神微職小，不能得見玉帝。今聞得大聖到此，將來參拜投生，萬望大聖與我出力報冤！

不但神鬼世界充滿了不公，而且一切妖精與鬼魔都是從天宮來的，凡是悟空無法降服的妖魔，都往天上追求根源。請注意作者所以要這樣寫的原因。黃風仙本是靈山腳下的得道老鼠，因為偷了琉璃盞內的清油，卻在黃風山成精作怪。黑風洞的黑熊精是菩薩放縱的，所以行者對唐僧說：「我想這件事都是觀音沒理。他有這個禪院，在此受了人家的香火，又容那妖精鄰住。」孽龍吃了唐僧的馬，行者又向菩薩質問道：「你怎麼把有罪的孽龍，送在此處成精，叫他吃了我師父的馬？此又是縱放歹人為惡，太不善也！」

這些故事好像是天上的，與人世無關，而實際也是現實社會的表現。《二十二史箚記（卷三十四）．明鄉官虐民之害》條說：

前明一代風氣，不特地方有司私派橫征，民不堪命；而縉紳居鄉者，亦多倚勢恃強，視佃民為弱肉。上下相護，民無所控訴也。今按〈楊士奇傳〉：「士奇子稷居鄉，嘗侵暴殺人，言官交劾，朝庭不加法，以其章示士奇。又有人發稷橫虐數十事，乃下之理。士奇以老病在告，天子不忍傷其意，降詔慰免，士奇感泣，遂不起。」是時士奇方為首相，而其子至為言官所劾，平民所控，則其肆虐已極可知矣。又〈梁儲傳〉：「儲子次攄為錦衣百戶，居家，與富人楊端爭民田，端殺田主。次攄遂滅端家二百餘戶，武宗以儲故，僅發邊衛立功。」《朝野異聞錄》又載：「次攄最好束人臂股或陰莖，使急迫而以針刺之，血縷高數尺，則大叫稱快。」此尤可見其恣虐之大概矣。〈焦芳傳〉：「芳治第宏麗，治作勞數郡。」是數郡之民，皆為所役。又〈姬文允傳〉：「文允宰滕縣，白蓮賊反，民皆從亂，文允問故，咸曰：『禍由董二』。董二者，故延綏巡撫董國光子，居鄉暴橫，民不聊生，故被虐者，至甘心從賊，則其虐毒更可知也。」宜興周延儒方為相，陳于泰方為翰林，二家子弟暴邑中，宜興民至發延儒祖墓，又焚于泰、于鼎廬（〈祁彪傳〉）。王應熊方為相，其弟應熙橫於鄉，鄉人詣闕擊登聞鼓，列狀至四百八十餘條，贓一百七十餘萬，其肆毒積怨於民可知矣。

楊士奇是太祖時人，焦芳、梁儲都是正德時人，董國光、周延儒、陳于泰都是世宗以後的人，然我們所以引這段話的，是想證明明朝一代，鄉紳虐民，是極普遍的現象，世宗一代更不能免，如〈嚴嵩傳〉就講嚴世蕃是：

> 其治第京師，連三四坊，堰水為塘數十畝。羅珍禽奇樹其中。日擁賓客縱娼樂，雖大僚或父執，虐之酒，不困不已。居母喪亦然。好古尊彝奇器書畫，趙文華、鄢懋卿、胡宗憲之屬，所到輒輦致之。或索之富人，必得然後已。

書畫奇器，索之富人，必得然後已，其他的惡行，可想而知。從此可知，凡是孫悟空降服不了的妖怪，所以要向天宮追究他的根源的緣故吧。

四、《西遊記》的藝術價值

從以上的探討，可知吳承恩是抱著滿腹的牢騷，滿腹的不平，滿腹憂國憂民之感來寫《西遊記》。他有一篇〈二郎搜山圖歌〉，可作《西遊記》的序文看。歌的末段說：

……終南進士老鍾馗，空向宮闈啗虛耗。民災翻出衣冠中，不為猿鶴為沙蟲。坐觀宋室用五鬼，不見虞廷誅四凶。野夫有懷多感激，無事臨風三嘆息。胸中磨損斬邪刀，欲起平之恨無力！救日有矢救月弓，世間豈謂無英雄？誰能為我致麐鳳，長亨萬年保合清寧功？

這段歌值得注意的有四點：第一、「終南進士老鍾馗，空向宮闈啗虛耗。」就是罵天兵天將的無用。在悟空的眼裡，「天上將不如老孫者多，勝似老孫者少。」（第五十一回）寶象國的文武大臣都是「木雕成的武將，泥塑就的文官。」（第二十九回）第二、「民災翻出衣冠中，不為猿鶴為沙蟲。」就是說妖魔都是由天宮出來的，也就是虐害百姓的都是官吏與鄉紳。第三、「坐觀宋室用五鬼，不見虞廷誅四凶。」也就是政府用人的不當，而又不能裁制之。第四、以下各句是作者自恨有心無力，只有在想像裡創造一位齊天大聖來為人間打抱不平。這首詩可以說是《西遊記》的縮寫，從它，可以看出作者所以要寫《西遊記》的用意。

然而這種牢騷，這種不平，這種憂國憂民之感，他敢正面表現麼？不敢。於是他將距離放在天上，放在神話，想像就不受束縛，而可自由創造了。這同《三國演義》的作者將距離放在歷史故事上是一樣的用意。不過，他是拿歷史或神話作為表現情感的材料；並不以表現這些材料為最終目的。這一點要弄清楚，否則研究的人只從材料上下工夫，那就難免隔靴搔癢了。

評《西遊記》的人看見它有取經的故事，就認為是談禪；看見它有金丹妙訣的故事就認為是講道；看見它有正心誠意的故事，就認為是勸學。胡適之先生又用考證的與歷史的方法來認識這部小說，得一結論說：

至於我這篇考證本來也不必作，不過這幾百年來談《西遊記》的人都太聰明了，都不肯領略那極淺近極明白的滑稽意味與玩世精神，都要妄想透過紙背去尋那「微言大義」，遂把一部《西遊記》罩上了儒、釋、道三教的袍子；因此，我不得不用我的笨眼光指出《西遊記》有幾百年逐漸演化的歷史；指出這部發起於民間的傳說和神話，並無「微言大義」可說；指出現在的《西遊記》小說的作者是一位「放浪詩酒，復善諧謔」的大文豪做的；我們看見他的詩，曉得他確有「斬鬼」的清興，而決無金丹的道心；指出這部《西遊記》至多不過是一部很有趣味的滑稽小說，神話小說，他並沒有什麼微妙的意思，他至多不過有一點愛罵人的玩世主義。這點玩世主義也是很明白的；他並不隱藏，我們也不用深求。（《胡適文存》二集卷四，〈西遊記考證〉）

胡先生所用的是考證的與歷史的方法。然這種方法如果不與作者的意識相配合，就往往失掉效用。他用了六十八頁的篇幅考證《西遊記》，對《西遊記》故事發展的知識上，很有用處；而真能幫助我們欣賞《西遊記》的，也不過數頁而已。因為欣賞是憑情感而不專憑知識。他說：「這部《西遊記》至多不過是一部很有趣味的滑稽小說，神話小說，他並沒有什麼微妙的意思，他至多不過有一點愛罵人的玩世主義。這點玩世主義也是很明白的；他並不隱藏，我們也不用深求。」這種愛罵人的玩世主義是無緣無故產生的麼？為什麼不可以追究他所以愛罵人的根源呢？金峴山金峴洞的青牛精，神通廣大，李天王、哪吒太子與孫悟空都沒有法力降服他時，悟空反而苦笑，哪吒問他為什麼在折兵敗陣，十分煩惱的時候笑，他回答說：

你說煩惱，終然我老孫不煩惱？我如今沒計奈何，哭不得，所以祇得笑也！（第五十一回）

這是孫悟空的真正苦惱，也是吳承恩的真正苦惱。他的滑稽，他的愛罵人的玩世主義，是在不能哭的環境之下逼出來的。透過眼淚的喜劇，才是真正成功的喜劇，《西遊記》就是透過眼淚的滑稽與玩世主義。如果不能噙著眼淚來讀《西遊記》，是不會欣賞它的真正價值的。

校正畢，在《二十二史箚記》又得〈成化嘉靖中方技授官之濫〉一條，茲將有關世宗的一段，抄錄於下，以作了解當時政治社會之一助。辰冬誌。

嘉靖中，又有方技濫官之秕政。道士邵元節，以禱詞有驗，封為清微、妙濟、守靜、修真、凝元、演範、志默、秉誠、政一真人，統轄朝天、顯靈、靈濟三宮，總領道教。賜金玉印、象牙印各一，班二品紫衣玉帶，以校尉四十人供洒掃。尋又賜闡教輔國玉印，進禮部尚書，給一品服，蔭其孫啟南為太常丞，進少卿。曾孫時雍為太常博士。其徒陳善道亦封清微、闡教、崇真、衛道高士，……是嘉靖時之優待方技較成化更甚，其故何也？蓋憲宗徒侈心好異兼留意房中祕術，故所昵多而非誠心崇奉。世宗則專求長生，是以信之篤而護之深，與漢武之寵文成、欒大，遂同一轍。臣下有諫者，必坐以重罪。後遂從風而靡。獻白兔、白鹿、白雁、五色龜、靈芝、仙芝者幾遍天下。貽譏有識，取笑後世，皆貪生之一念中之也。

原作臺灣世界書局刊行的《西遊記》序文

《儒林外史》的價值

一、《儒林外史》的題旨

我國長篇說部的開始，慣例先寫一個故事，這個故事好像與整部小說無關，而實際正是這部小說寓意之所在。《三國演義》之先寫桃園三結義，《水滸傳》之先寫王進，《西遊記》之先寫孫悟空，《紅樓夢》之先寫甄士隱，《鏡花緣》之先寫王母慶壽，這部《儒林外史》之先寫王冕，都是有用意的。這些故事都是全書的楔子，從此楔子，可以窺出作者寫作的意旨，所以《儒林外史》第一回就乾脆標題為「說楔子敷陳大義，借名流隱括全文」。在這篇王冕的故事裡，除寫他「嶔崎磊落」的人格外，還寫他看到明朝要以五經、四書、八股文取士之法後說：

> 這個法卻定的不好。將來讀書人既有此一條榮身之路，把那文行出處都看得輕了。

所謂「文行出處」就是人格修養。既把人格修養看輕，文人們只要能得到一官半職，甚而只要能得到一點錢，也就不惜使用任何手段了。《儒林外史》的主要目的，就在描繪這些醜態。作者借五河縣的風俗，批評當時的文人說：

五河的風俗：說起那人有品行，他就歪著嘴笑；說起前幾十年世家大族，他就鼻子裡笑；說那個人會做詩賦古文，他就眉毛都會笑；問五河縣有甚麼山川風景，是有個彭鄉紳；問五河縣有甚麼出產希奇之物，是有個彭鄉紳；問五河縣那個有品望，是奉承彭鄉紳；問那個有德行，是奉承彭鄉紳；問那個有才情，是專會奉承彭鄉紳。（第四十七回）

又說：

論出處，不過得手的就是才能，失意的就是愚拙。論豪俠，不過有餘的就會奢華，不足的就見蕭索。憑你有李、杜的文章，顏、曾的品行，卻是也沒有一個人來問你。所以那些大戶人家，冠婚喪祭，鄉紳堂裡，坐著幾個席頭，無非講的是些陞遷調降的官場。就是那貧賤儒生，又不過做的是些揣合逢迎的考校。（第五十五回）

很顯然，作者是在批評社會，然而他敢明目張膽地在批評麼？不敢的。於是他把故事放在明朝，距離一放遠，作者就有充分的自由來批評現實社會了。作者為使人相信他所批評的不是當代而是明朝，還故意寫出幾個確切的歲月。如第二十四回說：「此時乃嘉靖九年八月初三日」，第二十五回說：「嘉靖十六年十月初一日」，又於第三十五回說：「這時是嘉靖三十五年十月初一日」。同時，又不時提出「大明」，「本朝」，「我朝」等字樣，使讀者確切相信他所寫的不是當代。

提到時代，這裡有一個疑問：就是《儒林外史》裡凡提到明朝的時候，都有點懷念不忘的意味。例如第一回就說：

方國珍據了浙江，張士誠據了蘇州，陳友諒據了湖廣，都是些草竊的英雄；只有太祖皇帝起兵滁陽，得了金陵，立為吳王，乃是王者之師。

又說：

不數年間，吳王削平禍亂，天下統一，建國號大明，年號洪武。鄉村人各各安居樂業。

第二回說：

那時成化末年，正是天下繁富的時候。

第十四回馬二先生遊西湖，見到一所大樓上供的仁宗皇帝的御書，於是：

馬二先生嚇了一跳，慌忙整一整頭巾，理一理寶藍直裰；在靴桶內拿出一把扇子來當了笏板，恭恭敬敬，朝著樓上揚塵舞蹈，拜了五拜。

第二十回寫牛布衣臨死的時候，囑咐他的棺材上要寫：

大明牛布衣先生之柩。

第二十三回寫牛布衣死了後他的太太來尋找，只看見：

棺材頭上有字，又被那屋上沒有瓦，雨淋下來，把字跡都剝落了，只有「大明」兩字，第三字只得「一」橫。

第二十六回寫鮑文卿死了，向道台在他銘旌上寫：

皇明義民鮑文卿享年五十有九之柩。

作者不僅常常提到「大明」、「皇明」字樣，而且提到明朝的時候，都有一種尊崇無已的意味。如第二十四回寫道：

這南京乃是太祖皇帝建都的所在，裡城門十三，外城門十八，穿城四十里，沿城一轉，足有一百二十多里。城裡幾十條大街，幾百條小巷，都是人烟湊集，金粉樓臺。城裡一道河，東水關到西水關足有十里，便是秦淮河。水滿的時候，畫船簫鼓，晝夜不絕。城裡城外，琳宮梵宇，碧瓦朱甍，在六朝時，是四百八十寺，到如今，何止四千八百寺。大街小巷，合共起來，大小酒樓有六七百座，茶社有一千餘處。插著時顯花朵，烹著上好的雨水，茶社裡坐滿了吃茶的人。到晚來，兩邊酒樓上明角燈，每條街上足有數千盞，照耀如同白日，走路人並不帶燈籠。

還有，第三十四回提到夷十族事，杜慎卿道：

列位先生，這「夷十族」的話是沒有的。漢法最重「夷三族」，是父黨、母黨、妻黨。這方正時所說的九族，乃是高、曾、祖、考、子、孫、曾、元，只是一族，母黨妻黨還不曾及，那裡誅的到門生上？況且永樂皇帝也不如此慘毒，本朝若不是永樂振作一番，信著建文軟弱，久已弄成個「齊梁世界」了！

更值得我們注意的一段話是第九回鄒吉甫對婁四公子說的：

而今人情薄了，這米做出來的酒汁都是薄的。小老還是我死鬼父親說：「在洪武爺手裡過日子，各樣都好；二斗米做酒，足有二十斤酒娘子。後來永樂爺掌了江山，不知怎樣的，事事都改變了，二斗米只做得出十五、六斤酒來。」像我這酒，是扣著水下的，還是這般淡薄無味。……不瞞少老爺說：我是老了，不中用了；怎得天可憐見，讓他們孩子們再過幾年洪武爺的日子就好了！

這段話，在表面上沒有什麼問題；然而仔細思索：洪武是建都南京，永樂以後改都北京，《儒林外史》的活動事跡都在南京，沒有提到北京一個字；可是自從「永樂爺掌了江山，不知怎樣的，事事都改變了」，換言之，就是改都北京以後，事事都改變了。吳敬梓是清康熙四十年（西元一七〇一年）生，乾隆十九年（西元一七五四年）死的人，而將故事的地點放在南京，時間放在明朝，開口「大明」，閉口「皇明」，而且每次提到明朝的時候，都付予莫大的崇敬，蛛絲馬跡，我們不願意有什麼結論，然而是值得讀者去尋味的現象。

二、《儒林外史》的作者

《儒林外史》的作者是吳敬梓。了解一位作者，得先了解他的理想；知道了他的理想，再看他是否照此理想去實踐；實踐愈力，則生活的感受愈深刻；生活的感受愈深刻，則作品必愈深刻，此其所以我們要了解作者的緣故。現在先看吳敬梓的理想。他有一首〈買波塘〉詞，下半闋說：

人間世，只有繁華易委；關情固自難已。偶然買宅秦淮岸，殊覺勝於鄉里。飢欲死，也不管干時似淅矛頭米。身將隱矣，召阮籍、嵇康，披襟箕踞，把酒共沉醉。

這闋詞作於他三十三歲，那時他已決定了隱的意志。他三十七歲時還有一首〈美女篇〉說：

夷光與修明，艷色天下殊。一朝入吳宮，權與人主俱。不妒比螽斯，妙選聘名姝。紅樓富家女，芳年春花斆。頭上何所有？木難與珊瑚。身上何所有？金縷繡羅襦。佩間何所有？環珥皆瑤瑜。足下何所有？龍縞覆氍毹。歌舞君不顧，低頭獨長吁！遂疑入宮娭，毋乃此言誣？何若漢皐女，麗服佩兩珠。獨贈鄭交甫，奇緣千載無？

服飾的華麗，解決不了心頭的苦悶，所以他「寧可作自由解珮的漢皐神女，不願作那紅氍毹上的吳宮舞腰」（胡適之先生語），這與李白說的：「安能摧眉折腰事權貴，使我不得開心顏」是一個意思。

因為他看穿了榮華富貴，第一、他輕視祖宗所遺留的財產，不久，就把財產蕩盡了。他的〈減字木蘭花〉詞第二首說：

昔年游冶，淮水、鍾山朝復夜。金盡床頭，壯士逢人面帶羞。王家曇首，伎識歌聲春載酒。白板橋西，贏得才名曲部知。

第三首說：

田廬盡賣，鄉里傳為子弟戒。年少何人，肥馬輕裘笑我貧。

《儒林外史》第三十四回寫高老先生批評杜少卿說：

混穿，混吃；和尚道士，工匠花子，都拉著相與；卻不肯相與一個正經人。不到十年內，把六七萬銀子弄得精光。……學生在家裡，經常教子侄們讀書，就以他為戒。每人讀書的桌子上寫一紙條貼著，上面寫道：「不可學天長杜儀」！

從這幾段話，可知他的財產蕩盡的原因了。

第二、他拒絕了「博學鴻辭」的考試。乾隆元年（一七三六）安徽巡撫趙國麟薦舉他入京應博學鴻辭試，他稱病不赴。程晉芳給他作的傳說：

安徽巡撫趙公國麟聞其名，招之試，才之，以博學鴻辭薦，竟不赴廷試，亦自此不應鄉舉。

據胡適先生的說法，他是因病不能赴試，並不是為清高而不願赴試；然不管原因如何，他不赴試總是事實，所以《儒林外史》寫道：

杜少卿叫兩個小廝攙扶著，做個十分有病的模樣，路也走不全，出來拜謝知縣；拜在地下，就不得起來。知縣慌忙扶了起來，坐下就道：「朝廷大典，李大人專要借光，不想先生病得狼狽至此！不知幾時可以勉強就道？」杜少卿道：「治晚不幸大病，生死難保，這事斷不能了。總求老父臺代為懇辭。」袖子裡取出一張呈子來遞與知縣。知縣看這般光景，不好久坐，說道：「弟且別了先生，恐怕勞神。這事，弟也只得備文書詳覆上去，看大人意思如何？」杜少卿道：「極蒙臺愛，恕治晚不能躬送了。」知縣作別，上轎而去，隨即備了文書說：「杜生委係患病，不能就道。」申詳了李大人。恰好李大人也調了福建巡撫，這事就罷了。杜少卿聽見李大人已去，心裡歡喜道：「好了！我做秀才有了這一場結局，將來鄉試也不應，科歲也不考，逍遙自在，做些自己的事罷！」

小說裡的故事不一定恰如事實，然從此可知小說裡這段故事的來源了。

第三、他仇視時文士。程晉芳說他：

生平見才士，汲引如不及。獨嫉時文士如仇；其尤工者，則尤嫉之。余恆以為過，然莫之能禁；緣此，所遇益窮。

我們曾說：作家對他的理想實踐愈力，則感受愈深；感受愈深，對人生的認識必愈深刻；人生的認識愈深刻，則作品必愈深刻。吳敬梓對他的理想是否力行，從「獨嫉時文士如仇；其尤工者，則尤嫉之。」可以看出。因為他嫉時文士，結果是「所遇益窮」。他窮到什麼地步呢？程晉芳說他：

家益以貧。乃移居江城東之大中橋。環堵蕭然，擁故書數十冊，日夕自娛。窮極，則以書易米。或冬日苦寒，無酒食，邀同好汪京門、樊聖謨輩五六人，乘月出城南門，繞城堞行數十里，歌吟嘯呼，相與應和。逮明，入水西門，各大笑散去，夜夜如是，謂之「暖足」。

余族伯祖麗山先生與有姻連，時周之。方秋，霖潦三四日，族祖告諸子曰：「比日，城中米奇貴，不知敏軒作何狀？可持米三斗，錢二千，往視之。」至，則不食二日矣。然先生得錢，則飲酒歌吶，未嘗為來日計。

窮到這步田地，他後悔麼？一點也不，他得了錢，仍是「飲酒歌吶，未嘗為來日計」。正因為他能達觀，他能以第三者的身分來靜觀社會，故能以諷刺的態度來表現當時的社會。

這裡所說的「當時的社會」是指八股文的社會。胡適之先生說：

吳敬梓的時代恰當康熙大師死盡，乾、嘉大師未起的過渡時期。清朝第一個時期的大師毛奇齡最後死。學問方面，顧炎武、黃宗羲、閻若璩、胡渭都死了。文學方面，尤侗、朱彝尊、王士禎也死了。當吳敬梓三十歲時，戴震只有八歲，袁枚只有十五歲，《四庫全書》的發起人朱筠只有兩歲，汪中、姚鼐都還不曾出世呢。

胡先生又引章學誠的話來作證說：

前明制義盛行，學問文章遠不古若，此風氣之衰也。國初崇尚實學，特舉詞科；史館需人，待以不次；通儒碩彥，磊落相望，可謂一時盛矣。其後史事告成，館閣無事，自雍正初年，至乾隆十許年，學士又以四書文相為矜尚。僕年十五六時（一七五二－一七五三，當吳敬梓將死的時候），猶聞老生宿儒自尊所業，至目通經服古謂之雜學，詩古文辭謂之雜作。士不工四書文，不得為通──又成不可藥之蠱矣！（《章氏遺書・卷四・答沈楓墀論學書》）

「四書文」即八股時文。《儒林外史》所要諷刺的，就是這種現象。

第三回寫一位童生要求周學道面試他的詩詞歌賦，學道變了臉道：

當今天子重文章，足下何須講漢、唐？像你做童生的人，只該用心做文章；那些雜覽，學他做甚麼？況且本道奉旨到此衡文，難道是來此同你談雜學的麼？看你這樣務名而不務實，那正務自然荒廢，都是些粗心浮氣的話！看不得了！左右的，趕了出去！

第十一回魯編修對他的女兒說：

八股文章若做的好，隨你做甚麼東西——要詩就詩，要賦就賦，都是「一鞭一條痕，一摑一掌血」；若是八股文章欠講究，任你做出甚麼來，都是野狐禪，邪魔外道！

然而說得最露骨，最能代表那一時代的庸俗見解的，還是第十三回裡馬二先生說的：

「舉業」二字，是從古及今人人必要做的。就如孔子生在春秋時候，那時用「言揚行舉」做官，故孔子只講得個「言寡尤，行寡悔，祿在其中」。這便是孔子的舉業。講到戰國時，以遊說做官，所以孟子歷說齊、梁，這便是孟子的舉業。到漢朝用「賢良方正」開科，所以公孫弘、董仲舒舉賢良方正，這便是漢人的舉業。到唐朝用詩賦取士，他們若講孔、孟的話，就沒有官做了，所以唐人都會做幾句詩，這便是唐人的舉業。到宋朝又好了，都用的是些理學的人做官，所以程、朱就講理學，這便是宋人的舉業。到本朝用文章取士，這是極好的方法。則就是夫子在，而今也要念文章，做舉業，斷不講那「言寡尤，行寡悔」的話。何也？就日日講究「言寡尤，行寡悔」，那個給你官做？孔子的道也就不行了！

這是一段多末現實，多末精於作官的話！《儒林外史》所要諷刺的就是這批人。

三、《儒林外史》的意義

我說《儒林外史》是諷刺當代的時文士，可惜我們的時代離它太遠了，許多醜態不是現代人可以了解的。比如剛纔引的馬二先生一段話，以現代人看來，庸俗在什麼地方呢？然用吳敬梓的眼光看來，就庸俗不堪了。我們開始就說吳敬梓所注重的是文行出處，而當時人所注重的是權位金錢。我們再把這兩種人作一對照，就知《儒林外史》的意義了。

在吳敬梓的心目中，文人第一得先有品行。第四十六回裡，虞華軒對余大先生說：

舉人進士我和表兄兩家，車載斗量，也不是甚麼出奇東西。將來小兒在表兄門下，第一要學了表兄的品行，這就受益多了。

他又對唐二棒椎說：

如今請余大表兄，不過先學他的立品，不做那勢利小人就罷了。

這是作者的教育哲學，也是作者為什麼寫這部小說的原因。因為那時代的人太勢利，太沒有廉恥了，所以第四十七回裡，作者又藉余大先生的嘴說：

我們縣裡，禮義廉恥，一總都滅絕了！也因為學宮裡沒有好官！

因為他標榜人品第一，所以他創造了一位虞博士，品德極為崇高，所以余大先生嘆道：

難進易退，真乃天懷淡定之君子！我們他日出身，皆當以此公為法。（第四十六回）

因為他標榜人品，連作戲的鮑文卿也被他尊崇起來了。你看，向知府稱讚他說：

而今的人，可謂江河日下。這些中進士做翰林的，和他說到「傳道窮經」，他便說「迂而無當」；和他說到「通今博古」，他便說「雜而不精」。究竟事君交友的所在，全然看不得！不如我這鮑朋友，他雖生意是賤業，倒頗多君子之行。

讀書人反不如人們瞧不起的戲子，其士風之卑下，可想而知了。

由於作者注重人品，所以《儒林外史》裡除過極少數的人物，如杜少卿、杜慎卿、虞博士、莊徵君、鮑文卿、余大先生、余二先生幾位完整人物外，其餘都是被諷刺的對象。知道了用什麼標準來讀《儒林外史》，就知道他所刻畫的人物，都是入木三分。

比如寫匡超人的吹牛一段：

馮琢菴道：「先生是浙江選家，尊選有好幾部，弟都是見過的。」匡超人道：「我的文名也夠了！自從那年到杭州，至今五六年，考卷墨卷，房書行書，名家的稿子，還有四書講書，五經講書，古文選本，家裡有本賬，共是九十五本。弟選的文章，每一回出，書店定要賣掉一萬部；山東、山西、河南、陝西、北直的客人，都爭著買，只愁買不到手。還有個拙稿，是前年刻的，而今已經翻刻過三副板。不瞞二位先生說：此五省讀書的人，家家隆重的是小弟，都在書案上香火蠟燭供著『先儒匡子之神位』。」牛布衣笑道：「先生，你此言誤矣！所謂先儒者，乃已經去世之儒也；今先生尚在，何得如此稱呼？」匡超人紅著臉道：「不然，所謂先儒者，乃先生之謂也。」牛布衣見他如此說，也不和他辯。馮琢菴又問道：「操選政的，還有一位馬純上，選手如何？」匡超人道：「這也是弟的好友。這馬純兄理法有餘，才氣不足，所以他的選本也不甚行。選本總以行為主；若是不行，書店就要賠本。惟有小弟的選本，外國都有的。」

你看牛皮吹破了天，不通到什麼程度，然而被稱為「選家」！這種虛偽、無恥、黑暗、險惡、勢利、逢迎的社會，就是吳敬梓所描寫的社會。他恨透了他的家鄉，才搬家到南京；也因恨透了他的時代，才寫這部《儒林外史》。假如可以使用西洋文學上的派別來稱謂中國作品，《儒林外史》真是一部極好的寫實主義作品。他對當代社會沒有一點誇張，沒有一點故意誣衊，只是忠實的報告，忠實的描寫。他所寫的人物，幾乎都可以考證出來。不過它不像《紅樓夢》等書那樣熱情，那樣一著眼就能吸引著你；一定要冷靜地、細心地、三遍五遍地來讀，才知道它的深刻、它的價值。

四、版本問題

世界書局這次刊印的版本是五十五回本，這是很高明的抉擇。因為只有五十五回本，結構最為嚴謹。以王冕作開始，以季遐年、王太、蓋寬、荊元作結束，五位都是品格極高的人，正合本書寫作的主旨。至於五十六回本所增加的幽榜，真是「陋劣可哂」（金和跋《儒林外史》語），毫無道理。六十回本所增加的沈瓊枝一大段，文字惡劣，思想庸俗，絕對不是曠達的吳敬梓所願寫的。《儒林外史》裡幾次提到鹽商，都是寫他們的窮兇惡極，怎肯讓沈瓊枝為宋為富生兒育女呢？世界書局此次將這一大段毅然刪掉，這是一種卓識。在臺灣我們又能讀到《儒林外史》的善本，不能不感激世界書局的總經理楊家駱先生。他為選擇版本關係，將曾經排好版的書擱置三年，忍受營業上的莫大損失，這種求善精神，更使我們欽佩！

原作臺灣世界書局刊行的《儒林外史》序文

《鏡花緣》的價值

了解一部作品，至少得有三個步驟：第一、從作品裡找出它的主旨；第二、從作者的個性與時代找出作者所以表現這種主旨的緣故；然後才能談到第三步了解作品與批評作品。我們就從這三個步驟來認識《鏡花緣》。

一、《鏡花緣》的主旨

每篇作品都有作者寫作的用意，尋找作者的用意，表面很容易，而實際並不簡單。許多人誤將作品用以表現主旨的材料，認為就是作品的主旨。比如《三國演義》用歷史的故事，就認為是歷史的通俗小說，《西遊記》用神怪故事，就認為是神怪小說。還有從個人的或時代的偏見，戴上有色眼鏡將作品變成了個人的或時代的情調。比如《紅樓夢》，在民國初年，民族意識發達，就有人把它當成反清復明的革命作品。現在我們跑到了臺灣，以臺灣為復興的根據地，就有人認為《三國演義》是表現鄭成功的事蹟，而將這部書也認為是清朝人的作品了。可見主旨的發掘，並不是一件簡單的事。

然而主旨的發掘極為重要，主旨是作者所以要寫這篇作品的根本原因，這種原因不知道或認識錯了，就根本無法了解作品。這是研究一部作品所以要從主旨著手的緣故。

《鏡花緣》的主旨是什麼呢？我們想從武則天的故事裡找消息。眾仙女為西王母祝壽，嫦娥提議請百花仙子命令百花齊放，以助酒興。百花仙子認為除非是無道之主，才下這道無道之令。果然，幾百年後，下界武則天當了皇帝後，下了這道無道之令。下無道之令的，當然是無道之主。武則天既是無道之主，所以有徐敬業、駱賓王等起而討伐，因寡不敵眾，終於失敗；然他們各將其子取名為「徐承志」、「駱承志」，所謂「承志」者，就是承他們的志完成討伐武則天的事業。

至如這部小說的主人翁唐敖，也是反對武則天的。他於「宏道年間，曾在長安同徐敬業、駱賓王、魏思溫、薛仲璋等，結拜異姓兄弟。」竟因此而於科舉時，「雖連捷中了探花」，「仍舊降為秀才」。他於氣惱中，棄絕了紅塵。然他的氣惱，並不是由於科場的失敗，而是由於事業的無成。他對如是觀的老者說：

小子初意，原想努力上進，恢復唐室，以解生靈塗炭，立功於朝。無如甫得登第，忽有意外之災。境遇如此，莫可若何！（第八回）

又對駱賓王的父親說：

小侄初意原想努力上進，約會幾家忠良，共為勤王之計，以復唐業。（第十回）

由此可知，他之求取功名，並不是為俸祿，而是為「恢復唐室」。他棄絕紅塵後，又將他的女兒「小山」之名改為「閨臣」，以示不忘唐朝之意。又於第四十七回明明說：

「……父親命我改名閨臣，方可應試，不知又是何意！」若花道：「據我看來，其中大有深意。按唐閨臣三字而論，大約姑夫因太后久已改唐為周，其意以為將來阿妹赴試，雖在偽周中了才女，其實乃唐朝閨中之臣，以明不忘本之意。」

又於第六十六回說：

（武后）又將唐閨臣、國瑞徵、周慶覃三人宣來問道：「你三人名字都是近時取的麼？」閨臣道：「當日臣女生時，臣女之父，曾夢仙人指示，說臣女日後名標蕊榜，必須好好讀書，所以臣女之父當時就取了這個名字。」國瑞徵同周慶覃道：「臣女之名，都是去歲新近取的。」武后點點頭道：「你們兩人名字都暗寓頌揚之意，自然是近時取的；至於唐閨臣名字，如果也是近時取的，那就錯了。」

且終因這個名字，武則天將原是第一名殿元的唐閨臣，改在第十名。第六十七回說：

九公道：「起初原是閨臣小姐第一名殿元，若花小姐第二名亞元。誰知榜已填到八九，太后忽然想起閨臣小姐名姓不好，……登時把前十名移到後面，後十名移到前面。」

從這幾段話，很明顯地可以看出，唐閨臣雖是身居偽朝，而心歸唐朝，蛛絲馬跡，作者已經告訴我們他寫這部《鏡花緣》的真正用意了。後來偽周，終於由徐承志、駱承志等的起義而被推翻，恢復了唐室。《鏡花緣》裡再三提到「偽周」、「唐閨臣」、「恢復唐室」，不是沒有用意的。

二、《鏡花緣》的作者

從武則天故事的啟示，我們假設《鏡花緣》是一部民族意識極強烈的作品，那末，再從各方面來證明這個假設。第一、先從作者。

《鏡花緣》的作者是李汝珍，根據胡適之先生的〈鏡花緣的引論〉（《胡適文存》二集卷二）與〈關於鏡花緣的通信〉（《胡適文存》三集卷六）兩篇文獻，將他的身世作一概述。

李汝珍，字松石，大興人。約生於乾隆二十八年（西元一七六三年），從歙縣凌廷堪學。凌廷堪是《燕樂考原》的作者，精通樂理，旁通音韻，故李汝珍自說「受益極多」。李汝珍從乾隆四十七年（西元一七八二年）到嘉慶六年（西元一八〇一年）都在東海一帶。嘉慶六年到河南做縣丞，治理黃河，直到嘉慶十二年（西元一八〇七年），大概都在河南。嘉慶十九年（西元一八一四年）左右他又回到東海。《鏡花緣》的寫作約在嘉慶十四五年到嘉慶末年，約十餘年的工夫。他死於道光十年（西元一八三〇年）左右。

至如李汝珍的個性、天資、人品與學識，《音鑑》的幾篇序可以給我們一個清楚的概念。余集說：

> 大興李子松石，少而穎異，讀書不屑屑章句帖括之學。以其暇，旁及雜流如壬遁、星卜、象緯、篆隸之類，靡不日涉以博其趣，而於音韻之學，尤能窮源索隱，心領神悟。

石文煃說：

> 松石先生忼爽遇物，肝膽照人。平生工篆隸，獵圖史，旁及星卜弈戲諸事，靡不觸手成趣。花間月下，對酒徵歌，興至則一飲百觥，揮霍如志。

李汝珍的性格是（一）「忼爽遇物，肝膽照人」；（二）「不屑屑章句帖括之學。以其暇，旁及雜流」。以他這種性格，這種不合時宜的學問，在官場上自然不能得志。孫吉昌在《鏡花緣》卷首題詞說：

> 咄咄北平子，文采何陸離！生有此異質，乃不擁皋比。……而乃不得意，形骸將就衰。耕無負郭田，老大仍驅饑。可憐十數載，筆硯空相隨。頻年甘兀兀，終日惟孳孳。……聊以耗壯心，休言作者痴。窮愁始著書，其志良足悲。

由這些同時代人的見證，可知李汝珍是在不得意後，來寫《鏡花緣》的。唐敖不成問題是李汝珍的自寫，而唐敖就是不得志。

三、《鏡花緣》的時代背景

知道了李汝珍是在不得志後才寫《鏡花緣》，那末，再來看他的時代背景，就知道他所以要有民族意識的緣故了。

原來我國文學，從元朝以後，走向了新的方向，也就是平民文學的發達。元、明、清三代，以朝代來分是三個，以文學來講，只是一個時期。元朝是輕視文人，明朝是迫害文人，而清朝是雙管齊下，一方面迫害，一方面懷柔。在這三個朝代裡，文學都不得正常的發展。我國有志氣，有遠見的文人，一向以天下為己任，可是到了元朝，因為異族的統制，文人很少有致用的機會；明朝的統治者，雖為漢人，然對文人的鞭打殺害，帝王的昏庸迷誤，以致奸臣當道，宦官弄權，政治混亂，社會不安；即至清朝，不只又變成異族統治，而對文人的迫害更變本加厲。順治九年，立臥碑於各直省儒學的明倫堂，凡軍民一切利病，不許生員上書陳言。如有建白的，以違詔論，黜革治罪。立臥碑於明倫堂，不許生員談論國事，明末已有這種設置，然執行不力，到清朝才澈底執行。文人所作文字，不許妄行刊刻，違者治罪。清初金聖歎諸人，就因此橫遭禍害。乾隆在御製〈書程頤論經筵劄子後〉說：「夫用宰相者，非人君其誰？使為人君者，以天下治亂，付之宰相，己不過問，所用若韓（琦）、范（仲淹），猶不免有上殿之相爭，所用若王（安石）、呂（惠卿），天下豈有不亂？且使有為宰相者，居然以天下之治亂為己任，而目無其君，此尤不可也。」既不許文人談國家大事，另又大興文字之獄，順、康、雍、乾四朝中，接連著發生，造成了許許多多的悲慘事件。在這樣的高壓政治之下，文人不敢再談政治了，甚而不敢接觸到現實問題，只有談談女人與鬼怪，因而以女人與鬼怪為寫作材料的作品，應運而興。《聊齋誌異》、《醒世姻緣傳》、《紅樓夢》、《鏡花緣》、《兒女英雄傳》等等，都以描寫女性與鬼怪而聞名。然作者的真正目的只在描寫女人麼？不是的，仍然在表現他們的感遇，正如金聖歎所說：「只是人人心頭舌尖所萬不獲已必欲說出之一句說話耳。」（〈與家文昌書〉）

另一方面，滿人入關以後，江浙一帶，在學術上另成一種學風，以天下為己任的「秀才教」漸漸消沉，而轉向古經典的訓詁考釋上。這種風氣，實由民族意識而起。李汝珍雖是大興人，然自幼就隨他的哥哥汝璜到江蘇海州住家。他的一生，除到河南作過幾年縣丞外，大半光陰都在東海。《順天府志》的〈選舉表〉裡沒有他的名字，大概是一個秀才，像《鏡花緣》的唐敖一樣，「屢次赴試，仍是一領青衫。」李汝珍處在這種民族意識強烈的環境下，自然也就受到了影響。

四、《鏡花緣》的意義

了解了李汝珍的生平與時代，再來追究《鏡花緣》的意義與價值，就有線索可尋了。

首先我們討論一下胡適之先生對於這部書的看法。第一、他認為這部書是表彰武則天的。

他說：

然而女學與女權，在我們這個「天朝上國」，實在不容易尋出歷史制度上的根據。李汝珍不得已，只得從三千年的歷史上挑出武則天的十五年（六九〇－七〇五）做他的歷史背景。……李汝珍抓住了這一個正式的女皇帝，大膽的把正史和野史上一切污衊武則天人格的謠言都掃的乾乾淨淨。《鏡花緣》對於武則天，只有褒詞，而無謗語：這是李汝珍的過人卓識。（〈鏡花緣的引論〉）

胡先生整個將事實看翻了。全部《鏡花緣》對於武則天，只有謗語，而無褒詞。開始我們就說作者認武則天為無道之主，因為她下了一道無道之令，使百花於冬季齊放。作者一則說她是酒醉後下的命令，再則說她：

武后自從上林苑回宮，睡到黎明，宿酒已消，猛然想起昨日寫詔之事，連忙起來，心內著實懊悔，酒後舉動過於孟浪。（第四回）

假如是正當之令，何至說它是酒醉後所下，酒醒後而又至於懊悔呢？及至百花齊放，獨有牡丹遲遲應命又有烤炙牡丹之舉，也是寫武則天無道之處。武則天稱帝後，徐敬業、駱賓王起而討伐，失敗後，作者又說：

當時雖有幾家忠良欲為勤王之計……未敢冒昧興師，暫時臣服於周，相時而動。（第三回）

還有，燕紫瓊救了宗素，易紫菱追到，紫菱對紫瓊的一段對話，也可看出作者的本意。燕紫瓊對易紫菱道：

「府上既受大唐之恩，要知九王爺不獨是大唐堂堂嫡派，並是大唐為國忠良。他因大唐天子被廢，每念皇恩，欲圖報效，所以特義起兵迎主還朝；那知寡不敵眾，為國捐軀！上天不絕忠良之後，故留一脈。不意尊府乃世受唐恩之人，不思所以圖報，反欲荼毒唐家子孫，希冀獻媚求榮。不獨恩將仇報，遺臭萬年，且劍俠之義何在？公道之心何存？」……易紫菱聽了，立在堂中，如同木偶，半晌無言。（第六十回）

可知作者始終認武則天的周為偽朝，所以《鏡花緣》一書，不是稱她為「武后」，就是稱她為「太后」，從來沒有稱她為「天子」的。

還有，本書描寫武后逼迫陰若花回國說：

武后見若花不願回國，又愛他學問，心中也不願他回去；無如業已收了國王許多財寶，究竟這個有貝之財勝於無貝之才，卻不過家兄情面。（第六十八回）

諸如此類的對武則天的討伐與貶責，如果說對武則天「只有褒詞，而無謗語」，未免與事實太不相符了。

第二、他認為這部書是討論女權的。他說：

三千年的歷史上，沒有一個人曾大膽的提出婦女問題的各個方面來作公平的討論。直到十九世紀的初年，才出了這個多才多藝的李汝珍，費了十幾年的精力來提出這個極重大的問題。他把這個問題的各方面都大膽的提出，虛心的討論，審慎的建議。他的女兒國一大段，將來一定要成為世界女權史上的一篇永垂不朽的大文；他對於女子貞操、女子教育、女子選舉等等問題的見解，將來一定要在中國女權史上佔一個光榮的位置：這是我對於《鏡花緣》的預言。也許我和今日的讀者還可以看見這一日的實現。（〈鏡花緣的引論〉）

這段話說得太誇張了。〈鏡花緣的引論〉作於民國十二年，到現在已三十多年了，現在的女權運動，雖說沒有像《鏡花緣》裡那末的發達，然較三十年前，可謂發達了，但那一點是《鏡花緣》的女權論領導的呢！那一點是他的光榮地位？有誰提過現在的女權運動是受《鏡花緣》的影響呢？

要知道《鏡花緣》之寫女性，如同清代其他小說的描寫女性一樣，都是對當時男子的臭濁而起的反感，並不是對女權的本身有什麼覺悟，有什麼提倡。《紅樓夢》稱男子為「鬚眉濁物」，《鏡花緣》也說：

> 眾人雖係男裝，究竟是些婦女，心靈性巧，比不得那些蠢漢，任你說破舌尖，也是茫然。
>
> （第三十六回）

田木島亥木山的妖怪把林之洋、唐小山等捉到後，想釀為倮兒酒，黑面男妖說：

> 女倮之味必清，男倮之味必濁。

這與賈寶玉說的「男人是泥做的，女人是水做的」有何不同？

然而為什麼清代的小說家們都把男人作為濁物來看呢？也有它的時代因素。上邊曾說清朝的駕御文人，有兩種方法：一是高壓，一是懷柔。懷柔是一方面入學的時候，給你公費，一方面科舉以後，給你官作。袁枚在〈書院議〉說：「民之秀者已升之學矣，民之優秀者又升之書院。升之學者歲有餼，升之書院者月有餼。士、貧者多，富者少，於是求名賒而謀食殷。上之人探其然，則又挾區區之廩。假以震動黜陟之，而自謂能教士，過矣。」在公費與作官的兩種懷柔政策下，一般庸碌之輩，只要得個一官半職也就夠了，還有什麼治國平天下的志願，這般人不是賈寶玉罵的「國賊祿蠹」是什麼？清朝的幾位著名小說家，如蒲松齡、吳敬梓、曹雪芹、李汝珍，他們的思想都是達觀的，都受釋道影響的，這般利祿之徒，在他們看來，不是鬚眉濁物是什麼？加以作家們不敢談政治，甚至不敢接觸現實，於是只有談鬼談女人，女性就成了表現的材料。然他們所寫的女性並不是社會上有這樣的女性，而是憑他們的想像創造的。如果說他們對女性真的有所尊崇，真的有所主張，未免過於誇張，未免太以現代人的眼光來評價古代了。

胡先生的兩種看法——尊崇武后與提倡女權既有問題，那末，《鏡花緣》的意義到底是什麼呢？我們認為是在表現民族氣節，其次在表現達觀思想。只先談民族氣節。

《鏡花緣》的開始，就寫百花違時開放，上帝將百花仙子貶責紅塵，百花仙子對麻姑說：

我當日有言在先，如爽前約，情願墮落紅塵；今我既已失信，將來自然要受一番輪迴之苦，只要你家仙姑留神，看我在那紅塵中，自有根基，可能不失本性；日後緣滿，還是另須苦修，方能返本；還是纔棄紅塵，就能還原。到了那時，才知我的道行並非淺薄之輩哩！（第六回）

「才知我的道行並非淺薄之輩」，這是多末自信，而氣節也是多末高尚！百花仙子轉為唐小山，而唐小山應舉後，對塵世的榮華富貴，絲毫沒有沾染；科舉畢，馬上就遄返蓬萊，足證她的氣節是前後一致的。

《鏡花緣》的開始，還有一段話值得我們注意，就是百草百果兩仙子對百獸群舞的批評。

百草仙子道：「那歌舞是件有趣的事，怎麼要那不倫不類的百獸亂鬧起來……。」百果仙子道：「幸而龜不能歌，蛟不能舞，若能歌舞，嫦娥少不得又請百介百鱗二仙發號施令，那時弄得滿瑤池盡是蝦兵蟹將，臭氣熏人，那纔是笑話哩！」……百草仙子道：「我看那些鳥兒，如鳳管鸞笙，鶯啼燕語，雖不成腔調，還不討厭；至於百獸，到底算些什麼東西！那笨牛、癩象，搖來擺去，已覺不雅；又弄個毛猴子，夾在裡頭東奔西跳，偏是他忙！最令人噴飯的，那小耗子又要舞，又怕貓，躲躲藏藏，賊頭賊腦，任他裝出斯文樣子，終失不了偷油的身分！還有那小兔子，站在旁邊，正自躲懶，忽然看見鳳凰手下那隻癩鷹，惟恐鷹來捉他，登時使出無窮身段，扭扭攝攝，向著癩鷹笑容可掬，百搬跳舞。……看了他們這種樣子，無怪百花姐姐寧與我輩草木並腐，不屑與鳥獸同群了！」（第二回）

這一大段的描寫，難道不是官場現形記麼？同時，也反映出百花仙子的氣節了。

還有《鏡花緣》第四十九回，泣紅亭的碑記之後，有泣紅亭主人的總論一段說：

以史幽探、哀萃芳冠首者，蓋主人自言窮探野史，嘗有所見，惜湮沒無聞，而哀群芳之不傳，因筆志之。……結以花再芳、畢全貞者，蓋以群芳淪落，幾至澌滅無聞，今賴斯而得不朽，非若花之再芳乎？所列百人，莫非瓊林琪樹，合璧駢珠，故以全貞畢焉。

這段話，誠如胡適之先生所說：「這是著者著書的宗旨。」可是他將宗旨認錯了。他認為是我國幾千年來忽略的婦女問題，而我們認為所談的是民族氣節問題。史幽探、哀萃芳、花再芳、畢全貞，這些名字都是有意義的。也就是說，探古史之幽情，哀群芳之不傳。所謂古史，就是唐史；所謂群芳，就是群才；所謂花再芳，就是指當代的群才；所謂畢全貞，就是最後都保持貞節。所以一百名才女裡，不是隱退山林如唐閨臣、顏紫綃；就是勤王志士，如司徒斌兒、宋良箴、駱紅蕖。而真正作官的，也不過是外國的幾個才女如枝蘭音、黎紅薇、盧紫萱。她們是外國人，而侍奉的也是外國君主陰若花。小說人物的性格、結局與作者著作的宗旨，有密切的關係，我們讀小說的人，也應注意到這一點；否則，論證就不會正確了。

五、《鏡花緣》的藝術造詣

我們說《鏡花緣》的宗旨是表現民族氣節，然而它敢正面表現麼？處在那樣高壓政治之下，絕對不敢，於是作者將故事放到一個「距離」，使讀者感覺不出是在批評現實。《三國演義》、《水滸傳》之以歷史，《西遊記》之以神話，《紅樓夢》之以兒童，《鏡花緣》之以武則天，都有「距離」作用。實際上，作者都因現實的刺激而寫作，也都因不滿現實而寫作。從唐敖在君子國與吳之和的一段對話，就可知作者的苦心。

唐敖道：「老丈所問，還是國家之事？還是我們世俗之事？」吳之和道：「如今天朝聖人在位，政治純美，中外久被其澤，所謂巍巍蕩蕩，惟天為大，惟天朝則之。國家之事，小子僻處海濱，毫無知識，不惟不敢言，亦無可言。今日所問，卻是世俗之事。」唐敖道：「既如此，請道其詳。」（第十一回）

這明明告訴讀者，國家大事是不敢談的，所談的僅是世俗小事；而世俗小事，又何嘗不是國家大事呢?為政者把世俗小事治理好了，國家也就太平了，人民也就安生了。唐敖的所見所談，無一處不是對當時的批評，無一處不是對社會的諷刺。作者一將「距離」放遠，言論就得到自由。《鏡花緣》最成功的地方，就在這一點。

任何作家都受他的生活經驗的限制。他的生活經驗愈豐富，則其作品內容愈豐富；生活經驗愈貧乏，則其作品愈貧乏。《紅樓夢》之所以偉大，因為它涉及的生活範圍廣泛；《鏡花緣》之不如《紅樓夢》，因為它涉及的生活範圍較窄。《紅樓夢》的材料處處取於現實社會，所以讀來親切有味；《鏡花緣》的材料大半取之於學識，讀來就不如《紅樓夢》之生動感人。李汝珍是一位學者，而學者只能以學者生活作背景，所以《鏡花緣》到處以學識作基礎。唐敖的漫遊如此，才女們的宴會更如此。《鏡花緣》的成功，在它以高度的想像來批評社會；而它的弱點，在生活的表現少，學問知識的表現多。

原作臺灣世界書局刊行的《鏡花緣》序文

《老殘遊記》的價值

《老殘遊記》，以前曾讀過多遍，然都以讀小說的態度，走馬觀花地粗略地作個瀏覽，並沒有作過研究。這次，因為要給它作註解❶，才詳細地、字字句句地作一鑽研，才真正發現了它的價值，也真正了解了它的意義。要了解它的價值，得由幾個步驟：第一、先得知道作者的性格、思想、事業與環境；第二、再追究作者為什麼要寫《老殘遊記》；第三、作者怎樣來寫《老殘遊記》；第四、也就是最後，才能談到它的價值。茲順著這四個步驟，逐一說明於下。

一、作者的性格、思想、事業與環境

要了解一部文學作品，得先了解作者，因為作者是作品的根源。等於我們研究一株樹木，僅僅知道它的年輪、類別、用途是不夠的，還得知道土壤、氣候、培殖方法等等，才能知道它為什麼長成這樣，而不長成那樣，適於這個地方，而不適於另一個地方的緣故。樹木有個性，作者更有個性，一定得追究出作者的個性，才能源源本本講出完成作品的因由，進而論斷作品

❶為菲律賓某華僑學校作《老殘遊記》註。

的價值。關於《老殘遊記》的作者——劉鶚，近有作者哲嗣劉大紳先生的〈關於老殘遊記〉一文，記述甚詳，並經世界書局將有關劉鶚及《老殘遊記》的文字，都集中在一起，附在該局所出的《老殘遊記》一書之後，給我們研究上一個莫大的方便。我們就根據這些資料，先將作者的性格、思想、事業與環境作一概述。

劉鶚的性格，據胡適先生《老殘遊記》序中所引羅振玉的〈劉鐵雲傳〉說：

> 放曠不守繩墨，而不廢讀書。予與君同寓淮安，君長予數歲，予少時固已識君，然每于衢路聞君足音，輒逡巡避去，不欲與君接也。是時君所交皆井里少年，君亦薄世所謂規行矩步者不與近；已乃大悔，閉戶斂迹者歲餘。

劉大紳的〈關於老殘遊記〉文中也說：

> 先君少年時，天資絕穎，於書無所不讀。性尤豪放，在鄉里中，與外舅羅雪堂先生，同時被人目為二狂。

雪堂就是羅振玉的號。作者與羅振玉性格雖不相同，然言論都不為當時士大夫所許，故目為二狂。《老殘遊記》裡也有一段寫少年時的情形，說是：

我二十幾歲的時候，看天下將來一定有大亂，所以極力留心將才，談兵的朋友頗多。此人（指劉仁甫）當年在河南時，我們是莫逆之交，相約倘若國家有用我輩的日子，凡我同人，俱要出來相助辦理的。其時講輿地、講製造、講武功的，各樣的朋友都有；此君便是講武功的巨擘。後來大家都明白了，治天下的，又是一樣人才；若我輩所講所學，全是無用的。因此，各人都弄個謀生之道，混飯吃去，把這雄心便拋入東洋大海去了。（第七章）

作者從十二歲到二十一歲都隨父親的任所在河南。那時，他父親是河南御史，幕中人才頗多，劉大紳又說：「先君隨侍任所，蒿目時艱，隱然有天下己任意，故所在輒交其才俊，各治一家言。」又說：「先君當時交遊中，如柴某專治財賦，賈某專治推步（用儀器及算術考察天象，當時謂之推步），王某專治兵略，又一王某專治拳勇，均造詣深邃。」❷足證此段所寫，並非虛構。羅振玉與作者相交，是在作者二十一歲回到淮安的時候。因作者所交往的，都不是「規行矩步」的人，故振玉不敢與近。

❷見蔣逸雪〈老殘遊記考證〉六，劉鶚年略。

由上敘述，可知作者的性格：一、少有大志；二、結交天下豪傑；三、倜儻不羈；四、聰穎過人；五、於書無所不窺。由這樣性格，產生他的思想。

關於他的思想，劉大紳有一段話講得很明白，他說：

《老殘遊記》最受人誤會者，為描寫中表現思想處。初編中，猶為先君不知不覺自然之流露，二編中則屬有意專寫。前半寫心理，後半寫佛義。不獨當時人少見為怪，即今日亦未必不以為奇，而不測其源。實則先君蘊蓄，抒寫者尚不及千百分之一，欲識其真，必先知學問淵源，必更先知泰州學派及先君性行。泰州學派即世所傳之大成教、大學教、聖人教、黃厓教等。……陽明之學，傳於泰州，數百年未絕，人名之為泰州學派。我宗不能謂與毫無關係。因清咸、同之際，有周太谷先生者，崛起其地，集心學大成，傳張石琴、李龍川兩先生，先君龍川弟子也。……後以事至揚州，遇龍川，一見心折，乃拜從受業。至是先君之學，始由雄放歸入沖粹。然豪氣則未盡除也。其後入仕及棄官服賈，仍無日不為學。

這是作者思想的淵源。至於思想的真諦，劉大紳又說：「我宗為學六法，以立己、立人、達己、達人為大成，獨善其身為小成。無儒釋道之別，無門戶主奴之見，概一本於大同，窮極於人天性命，而旨歸則希賢希聖而已。」作者的思想既非儒、又非道、亦非釋，而是三教歸一，故稱為大成。

遊記第九章裡，詳細介紹黃龍子的思想，也就是作者的思想，我們看：

女子道：「既非道士，又非和尚，其人也是俗裝。他常說：『儒釋道三教，譬如三個鋪子，掛了三個招牌，其實都是賣的雜貨，柴米油鹽都是有的；不過儒家的鋪子大些，佛道的鋪子小些，皆是無所不包的。』又說：『凡道總分兩層，一個叫道面子，一個叫道裡子。道裡子都是相同，道面子就各有分別了。如和尚剃了頭，道士挽了個髻，使人一望而知，那是和尚，那是道士。倘若叫那和尚留了髮，也挽個髻子，披件鶴氅；道士剃了髮著件袈裟，人又要顛倒呼喚起來了。難道眼耳鼻舌，不是那個用法嗎？』又說：『所以這道面子有分別，那道裡子實是一樣的。』所以這黃龍先生不拘三教，隨便吟詠的。」

子平道：「得聞至論，佩服已極。只是既然三教道裡子都是一樣，在下愚蠢得極，倒要請教這同處在甚麼地方？異處在甚麼地方？何以又有大小之分？儒教最大，又大在甚麼地方？聽求指示！」

女子道：「其同處在誘人為善，引人處於大公。人人好公，則天下太平；人人營私，則天下大亂。惟儒教公到極處。你看孔子一生，遇了多少異端，如長沮桀溺、荷蕢丈人等類，均不十分佩服孔子，而孔子反讚揚他們不置。是其公處，是其大處。所以說：『攻乎異端，斯害也已！』若佛道兩教，就有了偏心。惟恐後世人不崇奉他的教，所以說出許多天堂地獄的話來嚇人。這還是勸人為善，不失為公。甚則說崇奉他的教，就一切罪孽消滅，不崇奉他的教，就是魔鬼入宮，死了必下地獄等辭，這就是私了。至於外國一切教門，更要為爭教興兵接戰，殺人如麻。試問與他的初心合不合呢？所以就愈小了。若回回教說，為教戰死的血光，如玫瑰紫的寶石一樣，更騙人到了極處了。只是儒教可惜失傳已久，漢儒拘守章句，反遺大旨。到了唐朝，直沒有提及，韓昌黎是個不通文道的腳色，胡說亂道，他還要做篇文章叫做〈原道〉，真正原到道反面去了。他說：『君不出令，則失其為君；臣不出粟米絲麻以奉其上，則誅。』如此說去，那桀紂很會出令的，又很會誅民的，然則桀紂之為君是，而桀紂之民全非了。豈不是是非顛倒麼？他卻又要闢佛老，倒又與和尚做朋友。所以後世學儒的人，覺得孔孟道理太費事，不如弄兩句闢佛老的口頭禪，就算是聖人之徒，豈不省事？弄的朱夫子也出不了這個範圍，只好據韓昌黎的〈原道〉，去解孔子的《論語》。把那攻乎異端的攻字，百般扭捏，究竟總說不圓。卻把孔孟的儒教，被宋儒弄的小而又小，以至於絕了。」

子平聽說，肅然起敬道：「與君一夕話，勝讀十年書，真是聞所未聞。只是還不懂：長沮桀溺，倒是異端，佛老倒不是異端？」女子道：「皆是異端。先生要知『異』字當不同講，『端』字當起頭講。『執其兩端』，是說執其兩頭的意思。若異端當邪教講，豈不兩端要當椏杈教講：『執其兩端』，便是抓住了他個椏杈教呢？成何話說呀！聖人的意思：殊途不妨同歸，異曲不妨同工，只要他為誘人為善，引人為公起見，都無不可，所以叫做『大德不踰閑，小德出入可也』。若只是為攻訐起見，初起尚只攻佛攻老，後來朱陸異同，遂操同室之戈。並是祖孔孟的，何以朱之子孫要攻陸，陸之子孫要攻朱呢？此之謂『失其本心』，反被孔子『斯害也已』四個字，定成鐵案！」

這是作者思想的淵源，也是作者思想的偉大處。他要融合儒釋道三教而為一，融合之點就是大公。由於大公，作者心胸才能開擴；由於大公，作者的眼光才能遠大；也由於大公，作者才能以民胞物與的心腸來處世接物。遊記第十八章裡白太尊批評老殘是個「肝膽男子，學問極其淵博，性情又極其平易，從不肯輕慢人的。」正是作者的自我寫照。

他的思想產生了他的行為。他有「己立、立人、己達、達人」的雄心，然而不願作官，這一點頗像春秋時候的魯仲連。《老殘遊記》第三章裡高紹殷與老殘的問答，正是作者的表白：

高紹殷說：「先生本是科第世家，為何不在功名上講求，卻操此冷業？雖然富貴浮雲，未免太高尚了罷！」老殘嘆道：「足下以『高尚』二字許我，實過獎了。鄙人並非無志功名：一則性情過於疏放，不合時宜；二則俗說：攀得高，跌得重，不想攀高，是想跌輕些兒呢！」

第六章裡，又藉申東造與老殘的問答來表白說：

東造道：「你那串鈴本可以不搖，何必矯俗到這個田地呢！承蒙不棄，拿我兄弟還當個人，我有兩句放肆的話要說，不管你先生惱我不惱我。昨日聽先生鄙薄那肥遯鳴高的人，說道天地生才有限，不宜妄自菲薄。這話，我兄弟五體投地的佩服。然而先生所做的事情，卻與至論有點違背。宮保一定要先生出來作官，先生卻半夜裡跑了，一定要出來搖串鈴，試問與那『鑿坏而遁』、『洗耳不聽』的，有何分別呢；兄弟話未免鹵莽，有點冒犯，請先生想一想，是不是呢？」

老殘道：「搖串鈴誠然無濟世道，難道做官就有濟於世道麼？請問先生：此刻已是武城縣一百萬民的父母了，其可以有濟於民處何在呢？先生必有成竹在胸，何妨賜教一二呢？我知道先生在前已做過兩三任官的，請教已過的善政，可有出類拔萃的事蹟呢？」

東造道：「不是這們說。像我們這些庸材只好混混罷了。閣下如此宏材大略，不出來做點事情，實在可惜！無才者，抵死要做官；有才者，抵死不做官：此實天地間第一憾事！」老殘道：「不然。我說無才的要做官，很不要緊，正壞在有才的要做官。你想：這個玉太尊，不是個有才的麼？只為過於要做官，且急於做大官，所以傷天害理的做到這樣。而且政聲又如此的好，怕不數年之間，就要方面兼圻的呢？官愈大，害愈甚；守一府則一府傷，撫一省則一省殘，宰天下則天下死。由此看來，請教：還是有才的做官害大呢？還是無才的做官害大呢？倘若他也像我搖個串鈴子混混，正經病，人家不要他治，些小病痛，也死不了人。即使他一年醫死一個，歷一萬年，還抵不上他一任曹州府害的人數呢？」

我國一向是農業社會，才智之士，謀生無門，只有作官這一條路，「學成文武藝，售於帝王家」，好像成了一般人的生性習慣。劉鶚可以作生意，可以創辦工業來謀生，所以他就不作官了。他的不作官，在一般官僚看來，認為是矯情，而實際，在他看來，一點也不矯情。所以在遊記裡再三為自己辯護。第八章申東造的弟弟申子平也說：「我看此人並非矯情作偽的人，不知大哥以為何如？」

不作官，只有作事業，我們再看作者的事業。為簡明起見，且依蔣逸雪的「劉鶚年略」，擇其事業的年代如下：

光緒九年癸未（西元一八八三年），二十七歲。嘗菸草於淮安南市，惟無字號，只書「八達巴孤」，隱寓「關東菸草」四字，淮人目之為怪。年終，以虧折收業。

光緒十年甲申（西元一八八四年），二十八歲。春懸壺於揚州。

光緒十一年乙酉（西元一八八五年），二十九歲。設石昌書局於上海，為我市廛間有石印之始。

光緒十三年丁亥（西元一八八七年），三十一歲。石昌書局以訟累歇業。

光緒十四年戊子（西元一八八八年），三十二歲。赴豫，投效河工。黃河決口於鄭州，龍久不合，換了幾次督工。他到了以後，短衣匹馬，與徒役雜作，凡同僚所畏憚而不能作的事，他都去作。十二月，得慶安瀾。河督吳大澂甚喜，列案請獎，他是第一名。他將這種功勞，推在他的哥哥孟熊身上。人們就更尊重他。

光緒十五年己丑（西元一八八九年），三十三歲。主持繪製豫直魯三省的河圖事。

光緒十七年辛卯（西元一八九一年），三十五歲。河圖成，時河患移山東，山東巡撫張勤果（即遊記中的莊宮保），邀作者至山東。勤故好客，幕中多文士，實無一能知河事者，群議方主賈讓不與河爭利之說，欲盡購濱河民地以益河身。上海善士施少卿（善昌）和之，將移海內賑災之款，助官方購民地。作者力爭不可，而主束水刷沙之說，草治河七說上之，幕中文士力謀所以阻之，苦無以難其說。

光緒二十一年乙未（西元一八九五年），三十九歲。山東巡撫福潤以奇才異能薦，保送總理衙門考驗。

光緒二十二年丙申（西元一八九六年），四十歲。應湖廣總督張之洞召，赴鄂，建議興築蘆漢路，即由蘆溝橋至漢口。主用外資，與鐵路總公司督辦盛宣懷所見不合，乃歸京。又建議築津鎮路，即由天津至鎮江，為同鄉京官所反對，甚而除其鄉籍，乃作罷。

光緒二十三年丁酉（西元一八九七年），四十一歲。作者以當道所見凡近，不足與圖遠大，凡所建議，罕見採納，故棄官就賈。會英人某組福公司，籌採山西煤礦，已與晉撫胡聘之有成議，聘鶚為華經理。嘗與友人書云：「蒿目時艱，當世之事，百無一可為。近欲以開晉鐵謀於晉撫，俾請於朝，晉鐵開，則民得養而國可富也。國無素蓄，不如任歐人開之。我嚴定其制，令三十年而全礦路歸我。如是，則彼之利在一時，而我之利在百世矣。」而時議不諒。然英人求於鶚不得者，逕商之總理衙門，無不許，於是晉礦之開，乃真為國病矣。剛毅不知，斥作者賣國，電請明正典刑。而英人亦不慊於作者，以其護國權，不為公司利，故不久即解聘去。

光緒二十六年庚子（西元一九〇〇年），四十四歲。秋，八國聯軍陷我京師，時兵糧運阻，京民乏食，作者北上辦賑。時俄兵據我倉，往說之，發米濟民，全活民實眾，而議者竟指為通夷。

光緒二十八年壬寅（西元一九〇二年），四十六歲。共戚屬集貲購浦口九袱州地，辦汽機織布廠於上海。

光緒二十九年癸卯（西元一九〇三年），四十七歲。與李少穆擬辦鍊鋼廠於株州，未成。

光緒三十年甲辰（西元一九〇四年），四十八歲。開始寫《老殘遊記》。

光緒三十一年乙巳（西元一九〇五年），四十九歲。創設海北公司於天津，製鍊精鹽。

光緒三十二年丙午（西元一九〇六年），五十歲。秋，東遊日本。

光緒三十三年丁未（西元一九〇七年），五十一歲。初作者與戚黨集貲購地浦口，謂是來日必為商貨吐納所，勿待人索闢商埠，先自經營。至是，津浦路興工，浦口適為終點，一時地價大起。江浦人陳瀏以言官致仕家居，強欲得地，拒之。瀏乃致書言官吳某，誣作者為外人購地，時世續、袁世凱俱入軍機，兩人素銜鶚。藉浦口購地事，密令逮問。會姻故丁寶銓謁親王奕劻，力保鶚非漢奸，事得暫寢。

光緒三十四年戊申（西元一九〇八年），五十二歲。袁世凱罪以擅散大倉粟及浦口購地事，密電兩江總督端方緝捕。遠戍新疆。

宣統元年己酉（西元一九〇九年），五十三歲。七月初八日，卒於迪化。

從以上的簡短事略，可以看出作者是一位事業家，然是一位事事失敗的事業家。以事業來說，當然是一種不幸；但在文學上，反是一種大幸，因為如果他在事業上成功了，就不會產生《老殘遊記》。由此，使我們想到了法國十九世紀偉大的小說家巴爾札克，他也是事事失敗的事業家，也是由於事業的失敗，才變成了一位小說家。巴爾札克說：「偉大的理想，才能產生偉大的天才。」這句話，用在劉鶚與巴爾札克身上，沒有再為適當的。劉鶚在文學上的造詣，自然沒有巴爾札克那末大，然巴爾札克是以文學為終身職志，所以創作豐富；劉鶚僅是以文學發抒自己的情懷，所以創作不多。

劉鶚生於清文宗咸豐七年丁巳（西元一八五七年），死於清遜帝宣統元年（西元一九〇九年）七月，在這五十三年之內，正是我國內憂外患最巨烈的時候，也是一個老大帝國必須變，然而不知怎樣變的時候。以一個有思想、有遠見、有計劃、有野心、有膽量，然而豪放不羈，不願同流合污的人處在這個時代，他的感觸自然是深刻的，情感自然是濃厚的，於是產生了情感豐富的《老殘遊記》。

二、《老殘遊記》寫作的原委

劉鶚為什麼要寫《老殘遊記》，據劉大紳說是：

方拳匪亂後未數年，京曹中有沈虞希、連夢青兩先生，均與《天津日日新聞》之方藥雨先生為友。某日，沈以事赴津，偶語方先生以中朝事，方先生揭之報端，為清孝欽顯皇后所知，大怒。嚴究洩漏者，逮沈至刑部，立杖斃之，並緝同黨，株連及連。連匿友人家三日，始藉使館之助，孑身倉皇遁走至滬。時我家正僑寓上海北成都路之安慶里。連既抵申，其太夫人尚在原籍，連日夜憂思，友好亦以為不甚安全，勸其迎養。然連以橫遭災禍，資裝盡失，實無力生活於上海。且性又孤介，不願受人資助，時商務印書館刊行小說月報，名《繡像小說》，連經人介紹售稿與之，每千字酬五元。連乃開始其筆墨生涯，作一小說，名《鄰女語》。大致描寫拳匪事。未幾，連太夫人至滬，以廉值賃居于愛文義路之眉壽里，則先君所居間。……連賣文所入，仍不足維持其菽水所需，先君知其耿介，且亦知其售稿事，因草一小說稿贈之，連感先君意，不得不受。亦售之于商務，並與訂約，不得刪改原文一字。此小說即近三十餘年中一般人認為神秘預言之《老殘遊記》。

這段所記，當係事實；然真正創作動機，不能就說純屬救人之急。因為文學作品是情感的表現，假使作者沒有不得不寫的情感，幫助友人，僅可用他種方法，不必以稿費。《老殘遊記》有光緒丙午（西元一九〇六年）的自敘，他說：

吾人生今之時，有身世之感情，有家國之感情，有社會之感情，有種教之感情；其感情愈深者，其哭泣愈痛；此洪都百鍊生所以有《老殘遊記》之作也。棋局已殘，吾人將老，欲不哭泣也得乎？

「棋局已殘」指國家的局勢已不可救藥，而自己的年歲已經老殘，救國有心，實行無力，所以說「吾人將老，欲不哭泣也得乎」？作者自述這部書是一種哭泣。

作者是一位極端熱情的人，他對萬事萬物，無不賦予莫大的同情，遊記裡幾次描寫老殘的流淚，也正是作者熱情的表現。第六章寫：

飯後，那雪越發下得大了，站在房門口朝外看，只見大小樹枝，彷彿都用簇新的棉花裹著似的。樹上有幾個老鴉，縮著頸項避寒，不住的抖擻翎毛，怕雪堆在身上。又見許多麻雀兒，躲在屋簷底下，也把頭縮著怕冷，其飢寒之狀，殊覺可憫。因想：這些鳥雀，無非靠著草木上結的實，並些小蟲蟻兒充饑度命。現在各樣蟲蟻，自然是都入蟄，看不著了。就是那草木之實，經過雪一蓋，那樣還有呢？倘若明天天晴了，雪略為化一化，西北風一吹，雪又變做了冰，仍然是找不著，豈不要饑到明春嗎？想到這樣，覺得替這些鳥雀愁苦的受不得。轉念又想：這些鳥雀雖然凍餓，卻沒有人放槍傷害他，又沒有什麼網羅來捉他，不過暫時饑寒，撐到明年開春，便快活不盡了。若像這曹州府的百姓呢？近幾年的年歲，也就很不好；又有這們一個酷虐的父母官，動不動就提了去當強盜辦，用站籠站殺，嚇的連一句話也說不出來；於雪寒外，又多一層懼怕，豈不比這鳥雀還要苦麼？想到這裡，不覺落下淚來。又見那老鴉，有一陣，刮刮的叫了幾聲，彷彿他不是號寒啼饑，卻是為有言論自由的樂趣，來驕這曹州府百姓似的。想到此處，不覺怒髮衝冠，恨不得立刻將玉賢殺掉，方出心頭之恨！

由落雪看到老鴉，由老鴉看到麻雀，由麻雀想到鳥雀的饑餓，由鳥雀的饑餓想到曹州府人民被玉賢的虐待，不覺落下淚來；恨不得殺掉玉賢，以出心中的仇恨。老殘在董家口聽見玉賢的酷虐時，也曾說：「我若有權，此人在必殺之例！」

還有，老殘在齊河縣黃河邊上觀月，心裡想道：

歲月如流，眼見斗杓又將東指了，人又要添歲了！一年一年的這樣瞎混下去，如何是個了局呢？又想到《詩經》上說的「維北有斗，不可以挹酒漿」，現在國家正當多事之秋，那王公大臣只是怕耽處分，多一事不如少一事，弄的百事俱廢，將來又是怎樣個了局？國是如是，丈夫何以家為？到此地，不覺滴下淚來。也就無心觀玩景緻，慢慢走回店去。

（第十二章）

老殘是一個志士，想到國是就流淚，真是民胞物與，大慈大悲。他由於翠環的遭遇，觸動他生平所見所聞，「又是憤怒，又是傷心，不覺眼睛角裡也自有點潮絲絲的起來了。」（第十三章）由這幾段來看，我們知道，劉鶚是一位極端的憂國憂民的愛國份子，然因環境關係，自己的計劃統統不能實現，激出了一肚子的傷心，所以才寫這部《老殘遊記》把自己的悲傷哭泣出來。

三、《老殘遊記》的表現技巧

從上兩節的敘述，對劉鶚這個人，可作一個整個的認識：他的天資是絕頂聰敏，讀書是極其淵博，性格是倜儻不羈，思想是儒釋道雜糅，眼光是極其遠大，情感是十分熱烈，事業心是極其強盛，對國家對人民是極其愛好，文如其人，當他寫作的時候，又把他整個的人，表現在作品裡。然他怎樣把他整個的人表現在他的作品裡呢？現在再談他的表現技巧。

提到文如其人，或風格與人格的一致時，就有許多人不甚了然。明明文學是文學，人品是人品，人格與風格怎能一致呢？比如寫強盜，作者一定得是強盜；寫惡人，作者也一定得是惡人麼？要知道文學是情感的表現，表現得有技巧，作者所要表現的是他的情感，而「表現」情感時不一定要用作者的生平。他可以藉用古今中外的資料，只要能以恰當地表現他的情感時，他都藉來使用。所以我們所要問的是作者的情感是否是真的，如果真，作者的人格與風格就一致；如果假，人格與風格就不一致。關於這一點，《老殘遊記》裡有一段論詩，正好引來作為例證。第十二章裡寫老殘與黃人瑞在齊河縣客店裡飲酒，老殘寫了一首〈地裂北風號〉的詩：「翠環問道：『鐵老爺，這詩上說的是什麼話？』老殘一一告訴他聽。他便凝神想了一想道：『說的真是不錯；但是詩上也興說這些話麼？』老殘道：『詩上不興說這些話，更說甚麼話呢？』翠環道：『我在二十里鋪的時候，過往客人，也常有題詩在牆上的，我最喜歡請他們講給我聽。聽來聽去，大約不過兩個意思：體面些的人，總無非說自己才氣怎麼大，天下人都不認識他；次一等的人呢，就無非說那個姐兒長得怎麼好，同他怎樣的恩愛。那老爺們的才氣大不大呢，我們是不會知道的；只是過來過去的人，怎樣都是些天才，為啥想一個沒有才的看看，都看不著呢？我說一句傻話，既是沒有才的這麼少，俗語說的好：「物以稀為貴。」豈不是沒才的倒成了寶貝了嗎？這且不去管他。

「那些說姐兒們長得好的，無非都是我們眼前的幾個人，有的連鼻子眼睛還沒有長的周全呢！他們不是比西施，就是比他王嬙；不是說他『沈魚落雁』，就是說你『閉月羞花』。王嬙俺不知道他老是誰，有人說就是昭君娘娘，我想昭君娘娘跟那西施娘娘，難道都是這種沒樣子的嗎？一定靠不住了。

「至於說姐兒怎樣跟他好，恩情怎樣重，我有一回發了傻性了，去問了問。那個姐兒說：

『他住了一夜，就麻煩了一夜，天明問他要討個兩把銀子的體面，他就抹下臉來，直著脖兒便亂嚷說：「我正賬昨兒晚上就開發了，還要什麼體面錢？」』那姐兒就再三央告著說：『正賬的錢呢，店裡夥計扣一分，掌櫃的又扣一分，賸下的全是領家的媽拿去，一個錢也放不出來。俺們的胭脂花粉，跟身上穿的小衣裳，都是自己錢買。光聽聽曲子的老爺們，不能問他要，只有這留住的爺們，可以開口討兩個伺候辛苦錢。』再三央告著，他給了二百錢一個小串子，望地下一摔，還要撇著嘴說：『你們這些強盜婊子，真不是東西，混帳忘八蛋！』你想有恩情沒有？因此，我想做詩這件事，是很沒有意思的，不過造些謠言罷了。你老這詩，怎麼不是這個樣子呢？」很顯然，這是作者在發表他對於寫詩的意見。他認為作品要寫自己的真實情感，否則，就是造謠。既在造謠，怎能文如其人呢？人格與風格怎能一致呢？

然所謂寫自己的真實情感，並不是像照相一樣，有什麼情感，一點也不修飾地就原樣照下來，而是要加上技巧的。什麼樣的技巧呢？劉大紳有一段解釋《老殘遊記》的寫人寫事說：「書中影事，約略可分二類：一屬於人者；一屬於事者。寫時往往以此事繫於彼人，此人繫於彼事；或一事分隸數人，一人分繫數事。更有一人分為數人，數事拚作一事。或初本無影射，而後忽有所指者；亦有初寫本有所指，而後忽無影射者。」藝術之有別於照相者，就在這裡。照相是機械的，不能隨意更改；而藝術是創造的，隨作者的情感將現實人生拆散後再組合。所以「藝術」二字內裡就有技巧的涵義，能有恰當技巧把自己的情感表現出來，就成了藝術。以下，就將劉鶚所用的技巧，作一分析。

第一、先談《老殘遊記》的形式。《老殘遊記》是用遊記的體裁，這種體裁，對於劉鶚的生活來說，是比較適合的。因為劉鶚的職志並不是想當文學家，他在生活中有了感受，偶然的機會，想把這種感受表達出來，而自己走過的地方很多，也就把自己在各地所見到的，逐地寫出來。這樣，用不著像職業的文學家一樣，在寫一部作品之前，一定得把整部情節，整部人物，整部結構都有一個完整的計劃。他僅是想到那裡寫到那裡，篇章的長短絲毫不受限制，這樣，可以儘量發揮他的所見所聞。但是，這樣寫法，並不是說毫無目的，隨意亂塗，仍然有個中心意識，就是凡與他的民胞物與情感有關的，他就寫，沒有關係的，他就不寫，這樣，才能顯出他的中心思想。

第二、他所用的是章回體裁。這種體裁，與劉鶚的生活也是配合的。他可以無限制的延長，也可以隨時停止。現在看到的《老殘遊記》只有第一集二十章與第二集的四章（以世界書局刊行本而言），可是，假如劉鶚不死，他可以繼續地二集、三集、四集寫下來，如果他有興趣的話。因為章回小說的結構非常鬆懈，只要你有東西可寫，只要你能捉住讀者的興趣，你就可無限制的寫下去。西洋近代小說，在未寫作以前，故事的發展已經按排妥當，發展到最高潮時，就無法再發展下去，如果再繼續，就變成畫蛇添足，引不起讀者的興趣。至於章回小說，它的高潮就放在每章裡，高潮過後，就牽到另一故事，而另一故事的開始，作者就以「要知後事如何，且看下回分解」，這樣，就把讀者的趣味吸引住了。

第三、景物的描寫。劉鶚對景物的描寫，確有一種本領，幾句話，就能表現出一種美景，如第二章寫千佛山的景緻：

到了鐵公祠前，朝南一望，只見對面千佛山上，梵宮僧樓，與那蒼松翠柏，高下相間：紅的火紅，白的雪白，青的靛青，綠的碧綠；更有那一株半株的丹楓，夾在裡面，彷彿是宋人趙千里的一幅大畫，做了一架數十里長的屏風似的。

又於第十二章描寫雲雪月的景緻道：

擡起頭來看那南面的山，一條雪白，映著月光，分外好看。一層一層的山嶺，卻不大分辨得出；又有幾片白雪，夾在裡面，所以看不出是雲是山。及至定神看去，方纔看出那是雲，那是山來。雖然雲也是白的，山也是白的，雲也有亮光，山也有亮光，只因為月在雲上，雲在月下，所以雲的亮光，是從背面透過來的；那山卻不然，山上的亮光，是由月光照到山上，被那山上的雲反射過來，所以光是兩樣子的。然只就稍近的地方如此；那山往東去，越望越遠，漸漸的天也是白的，山也是白的，雲也是白的，就分辨不出甚麼來了。

這種觀察的能力，這種表現的能力，實在不能不讓我們欽佩。

第四、音樂的描寫。景物的描寫，只要你觀察敏銳，還容易辦到，至於音樂的描寫，那就更難了。音樂本是遡之於耳的藝術，只能以心靈來感受，很難用具體的事物將它陳述出來，可是劉鶚就有這種本領，將極端難以捉摸的感覺用可見的形相描繪出來。白妞說書是一段最精彩的描寫，是人人知道的，不用再講；我們且看他對琴瑟的描寫：

起初不過輕挑慢剔，聲響悠柔。一段以後，散泛相錯，其聲清脆。兩段以後，吟猱漸多，那瑟之句挑夾縫中與琴之綽注相應，粗聽，若彈琴鼓瑟，各自為調；細細聽，則如珠鳥一雙，此唱彼和，問來答往。四五段以後，吟猱漸小，雜以批拂，蒼蒼涼涼，磊磊落落，下指甚重，聲韻繁興。六七八段，間以慢衍，愈轉愈清，其調甚逸。子平本會彈十幾調琴，所以聽得入彀。因為瑟是未曾聽過，格外留神。那知瑟的妙用，也在左手，看他右手發聲之後，那左手進退猱顫，其餘音也就隨著猗猗靡靡，真是聞所未聞。初聽還在算計他的指法調頭，既而便耳中有音，目中無指。久之，耳目俱無。覺得自己的身體，飄飄蕩蕩，如隨長風浮沉於雲霧之際。久之又久，心身俱忘，如醉如夢，於恍忽杳冥之中，

錚鏦數聲，琴瑟俱息，乃通見聞，人亦驚覺，欠身而起。（第十章）

還有，他描寫箜篌、磬、角、絃、鈴、嘯各種樂器的合奏說：

當時嶼姑已將箜篌取在膝上，將絃調好，聽那角聲的節奏。勝姑將小鈴取出，左手撳了四個，右手撳了三個，亦凝神看著扈姑，只看扈姑角聲一闋將終，勝姑就將兩手七鈴同時取起，滴滴價亂搖。鈴起之時，嶼姑已將箜篌舉起，蒼蒼涼涼，緊鉤漫摘，連批帶拂。鈴聲已止，箜篌丁東繼續，與角聲相和，如狂風吹沙，屋瓦欲震。那七個鈴也便不一起都響，應機赴節。這時黃龍子隱几仰天，撮唇齊口，發嘯相和。爾時喉聲、角聲、絃聲、鈴聲、俱分辨不出。耳中但聽得風聲，人馬虡踏聲，旌旗熠熠之聲，干戈擊軋聲，金鼓薄代聲。約有半小時，黃龍子舉起磬擊子來，在磬上鏗鏗鏘鏘的亂擊，協律諧聲，乘虛踏隙，時箜篌漸稀，角聲漸低，惟餘清磬錚鏦未已。少息，勝姑起立，兩手筆直，亂鈴再搖，眾樂皆息。

從這兩段，可知劉鶚不但深知音樂，而且也善於描寫，不僅使我們聽得到，而且也使我們看得到。

第五、人物的描寫。《老殘遊記》裡有幾個極生動的人物，如老殘、玉賢、剛弼、白太尊、申東造、黃人瑞、申子平、嶼姑、黃龍子、翠環等等，都是我們閉起肉眼，浮在我們心眼上的人物。然作者用怎麼的手法來表現這些人物呢？且舉玉賢審問于家父子的一段作例：

這時于家父子三個，已到堂上，玉大人叫他們站起來，就有幾個差人橫拖倒曳將他三人拉下堂來。這邊值日頭兒，就走到公案面前，跪了一條腿回道：「稟大人的話：今日站籠沒有空了，請大人示下！」那玉大人一聽，怒道：「胡說！我這兩天記得沒有站甚麼人，怎會沒有空子呢？」值日差回道：「只有十二架籠，三天已滿，請大人查簿子看！」大人一查簿子，用手在簿子上點著說：「一、二、三，昨兒是三個；一、二、三、四、五，前兒是五個；一、二、三、四，大前兒是四個；沒有空，倒也不錯的。」差人又回道：「今兒可否將他們先行收監，明天定有幾個死的，等站籠出了缺，將他們補上好不好？請大人示下！」玉大人凝了一凝神，說道：「我最恨這些東西，若要將他們收監，豈不是又被他們多活了一天去了嗎？斷乎不行！你們去把大前天站的四個放下，拉來我看。」差人去將那四人放下，拉上堂去。大人親自下案，用手摸著四人鼻子，說道：「是還有點游氣。」復行坐上堂去，說：「每人打二千板子，看他死不死。」那知每人不消得幾十板子，那四個人就都死了。眾人沒法，只好將于家父子站起，卻在腳下選了三塊厚輒，讓他可以三四天不死，趕忙想法。誰知什麼法子都想到，仍是不濟。

這樣的描寫，真可說是有聲有色，同我們親眼看到了一樣。

四、《老殘遊記》的價值

價值，是指作品對人類的恩澤而言。恩澤愈大的，其價值也愈高。講到這裡，我認為《老殘遊記》有下列幾點價值。

第一、他的大成思想。他說：「殊途不妨同歸，異曲不妨同工，只要他為誘人為善，引人為公起見，都無不可。」這種見解是了不起的。世人往往誘於師承，誘於宗教，誘於主義，而堅持自己所信所宗所言為正，別人的所宗所信所言為邪。實際上，所有偉大的思想家、宗教家、革命家、文學家，無不為人類的和平幸福而努力；方法儘有不同，而終極則一。可是世人仍然誘於小利，私人的、團體的、民族的、國家的，而捨棄了大同，以致大同的世界，仍遙遠無期。大同這一天，終於要達到的，只要我們繼續努力。劉鶚體會到了這種思想，然而他對基督教等又持異見，這是由於環境使然。在他那個時候，敢於把三教的界限打破，敢於同西洋人接近，已經是不容易了。

第二、由於他的大成思想，博愛精神，在事業方面，他處處以富國裕民為標向，在作品裡面處處表現民胞物與，人溺己溺的熱情，使我們讀這部小說的時候，處處感到溫暖，處處感到人情味，可是也處處憂慮的是人類的自私，自私到可怕的程度。玉賢與剛弼之所以那樣酷虐，就由於要作大官的自私心作祟。

第三、由於他的博愛精神而感到清末政治的黑暗，使我們可以把《老殘遊記》當成斷代史來看。從這部斷代史，可以看出這個時代的政治、社會、經濟、法律、道德、思想、宗教的各方面。我們看這部書，就像看一部關於那時代的一部立體電影。那時代人的服飾、行為、言談、環境、情感都浮現在我們的眼前。不朽的作品都是如此，《老殘遊記》如此，所以《老殘遊記》也就不朽了。

原刊《學粹》十五卷三期與四期

中國文化與中國文學演變的關係

——聯合國中國同志會第一九四次座談會紀要

主席、諸位先生：

今天的座談會，我想提出討論的是「中國文化與中國文學演變的關係」，換言之，我想把中國文學怎樣受中國文化演變的影響提出來談一談，以就教於諸位先生。我所用的「文化」二字，是政治、社會、經濟、宗教、教育、道德等等的總稱。文學不能單獨的存在，它的形成是由於政治、經濟、社會、宗教、教育、道德種種因素，假如把這些因素都去掉，除文字上的韻律與形式外，我不知道文學還剩了什麼？所以要談文學，一定要追究一個民族的整個文化。不過這個問題太大，範圍也太廣，不是一兩小時內可以談得了，只能提綱挈領地談個大概。所談的也只限於文化給予文學的影響，至於文學給予文化的影響，將來有機會再談。

文學是情感的表現，文化之影響文學，是透過作者的情感，換句話說，就是一個民族的文化先影響了作者，由作者產生文學。作者是文化與文學的媒介，沒有作者，不會有文學，作者受某種文化的影響，也就產生某種文學。但所謂影響，是文化激動了作者的情感後才能產生文學。我們就順著文化↓作者↓情感↓文學這條路線，將中國文化之影響於中國文學者，作一概述。對與不對，尚請諸位先生多多指教！

我且分五個階段來談這個問題。第一個階段是周朝。

周朝的政治是封建的，而封建政治的特徵之一就是武力殖民。為要武力殖民，就產生一種武士來執行這種任務。這種武士，周時稱之為士。有時稱多士，有時稱髦士，有時稱庶士，有時稱吉士，有時稱良士，有時稱卿士，有時稱爪士，名稱雖多，而所執行的為武士的任務則一。他們對周朝的建國功勞最大，所以《詩經．大雅．文王》說：「思皇多士，生此王國，王國克生，維周之楨。濟濟多士，文王以寧。」〈周頌．桓〉也說：「桓桓武王，保有厥士，于以四方，克定厥家。」文王、武王的打定天下，都由這種士的力量。還有〈豳風〉的〈破斧〉說：「既破我斧，又缺我斨，周公東征，四國是皇。哀我人斯，亦孔之將。」這是多末勇敢，多末愛國。這類表現武士精神的詩，在《詩經》裡共有十九篇。

武士既然常常出征，那末，征人思歸，也是人情之常，這一類詩，據我的統計，共有三十四篇。不過這一類詩分兩種口氣來表現，一是征人思家室，一是家室思征人。如〈豳風．東山〉說：「我徂東山，慆慆不歸。我東曰歸，我心西悲。」如〈邶風．擊鼓〉說：「從孫子仲，平陳與宋。不我以歸，憂心有忡。」「死生契闊，與子成說；執子之手，與子偕老。于嗟闊兮，不我活兮！于嗟洵兮，不我信兮！」〈王風．揚之水〉說：「彼其之子，不與我戍申。懷哉懷哉，曷月予還歸哉！」都是征人思家室的詩。至於家室思征人的，如〈召南．殷其靁〉說：「何斯違斯，莫敢或遑？振振君子，歸哉歸哉！」如〈王風．君子于役〉說：「君子于役，不知其期，曷至哉？雞棲于塒，日之夕矣，羊牛下來。君子于役，如之何勿思！」如〈衛風．伯兮〉說：「自伯之東，首如飛蓬。豈無膏沐，誰適為容？」都是以家室口氣思念征人的詩。不過，這裡我要特別聲明的，不管以征人的口氣思家室，或以家室的口氣思征人，都是士這種人所寫。

封建政治的另一種特徵是土地分封，然能封到土地的，只是少數的直系貴族或有功勛的親戚，士這一種人是分封不到的，所以孟子說：「維士無田。」士這種人怎麼維持生活呢？就是「仕」。仕字从人从士，就是作仕的意思，後來演變為作官。然仕往往是苦惱的。《詩經．小雅》的〈雨無正〉說：「維曰于仕，孔棘且殆。」棘就是現在說的棘手，殆是危險。這兩句詩的意思就是：說到作仕，非常的棘手而且危險。我們現在常常使用的「戰戰兢兢，如臨深淵，如履薄冰」，就是那時的士人形容他們作官時的心理狀況。關於這一類詩，《詩經》裡很多。

士是以仕來維持生活，但他們的俸祿，並不像現在的公務員一樣，拿的是現金，而仍是給他一塊田，讓他去耕種。耕種的收穫，一部分獻給公家，一部分養家糊口。他們的田地與分封的田地不同，分封的田地可以世襲，而他們的田地不能世襲。孟子說：「士無世官。」就由於土地不能世襲，官也不能世襲，官爵與土地是一致的，這是封建制度的第三種特徵。由於這種制度，又產生兩種作品，一是勞逸不均，二是靠耕種而生活，不耕種就不能生活。〈小雅．北山〉說：「或燕燕居息；或盡瘁事國。或息偃在床，或不已于行。」「或不知叫號；或慘慘劬勞。或棲遲偃仰；或王事鞅掌。」「或湛樂飲酒；或慘慘畏咎。或出入風議；或靡事不為。」就是這種勞逸的不均。還有〈召南．小星〉說的：「嘒彼小星，三五在東。肅肅宵征，夙夜在公，實命不同。」也是出征的武士感到命運的不同。以前的人把小星解為姨太太，實在是大錯而特錯。至於表現不耕種就不能生活的詩，如〈唐風．鴇羽〉說：「王事靡盬，不能蓺黍稷，父母何怙？悠悠蒼天，曷其有所？」就是這一類的詩。

再者，因為士人們需要耕種才能生活，所以《詩經》裡表現農業生活的幾首詩，也是士這種人所寫。〈小雅．甫田〉說：「今適南畝，或耘或耔。黍稷薿薿，攸介攸止，烝我髦士。」「以介我稷黍，以穀我士女。」〈大田〉又說：「雨我公田，遂及我私。」田有公私之分，公田就是諸侯的田，私田就是士大夫的田。

周朝的士，他們的任務，一方面是作戰事，也稱王事；另一方面是政事，也就是現在說的政務。〈邶風〉的〈北門〉說：「王事適我，政事一埤益我。」「王事敦我，政事一埤遺我。」王事即指戰事，後世說的「勤王事」，就是指戰事。政事、指文事，也就是後世文官或軍隊中政工所擔任的職務。〈小雅〉的〈小明〉是表現出征的，而內裡說：「曷云其還，政事愈蹙。」是士而擔任政事的。〈小雅．出車〉又說：「王事多難，不遑啟居。豈不懷歸？畏此簡書。」古人的文字刻在竹簡上，故稱簡書，士也擔任這種簡書的工作。因為士是文武雙全的人，所以他們所受的也是文武合一的教育。這種現象從什麼地方看得出來呢？從他們所讚美的人物。〈小雅．

六月〉裡稱讚尹吉甫說：「文武吉甫，萬邦為憲。」能文能武的吉甫，是萬邦的法則。〈大雅．崧高〉裡稱讚申伯說：「不顯申伯，王之元舅，文武是憲。」〈大雅．江漢〉裡宣王命令召虎說：「文武受命，召公維翰。」〈周頌．雝〉也說：「宣哲維人，文武維后。」這是用能文能武來稱讚自己的先祖。〈魯頌．泮水〉也說：「允文允武，昭假烈祖。」是講能文能武的魯侯，光耀了他的祖先。士是周代最受教育的人，也是最有功勞的人。

周朝的政治是封建的，社會是宗法的，由宗法社會而產生祖宗崇拜。〈小雅．楚茨〉說：「濟濟蹌蹌，絜爾牛羊，以往烝嘗。或剝或亨，或肆或將，祝祭于祊。祀事孔明，先祖是皇，神保是饗。孝孫有慶，報以介福，萬壽無疆。」這是用牛羊黍稷與酒食來祭祀祖宗，以求大福。在〈信南山〉、〈甫田〉等詩裡，也都表現著這種祖宗崇拜的心理與儀式。由於祖宗崇拜的觀念，產生保守的心理，所以〈大雅．烝民〉說「古訓是式」，一切都要效法古訓。

由於祖宗崇拜，推而及於上天或上帝的崇拜。周人的心目中，他們的祖先是天生的，〈大雅．生民〉說：「厥初生民，時維姜嫄。生民如何？克禋克祀，以弗無子。履帝武敏歆，攸介攸止。載震載夙，載生載育，時維后稷。」姜嫄踩到了上帝腳印上的拇指，欣然有感，生了后稷。祖宗既是上帝或上天所生，那末，周的人民、國家、土地、萬物、福祿，一切的一切，都是上帝的賜予，因而對上帝或上天就得敬畏。假如不敬畏，上天就要降下災害。上帝或上天，是無所不能，無所不知，無所不在的智者，它能給人們幸福，也能給人們災禍，這樣，產生了周人的宗教觀念。

由這些政治的、社會的、經濟的、宗教的、教育的種種因素，又組成了周人的道德觀念。這種觀念，周人用「儀」或「威儀」的字樣表現出來。〈曹風．鳲鳩〉說：「淑人君子，其儀不忒；其儀不忒，正是四國。」「其儀不忒」，就是威儀沒有差錯；威儀沒有差錯，才可以匡正天下。有威儀，才能得到上天的保佑，〈小雅．小宛〉說：「各敬爾儀，天命不又。」又與佑通，不讀為丕，大的意思。「丕又」，就是大的保佑。敬是警的意思。「各敬爾儀」，就是如果你們注意威儀，上天就降給你們大的保佑，足證威儀的重要。威儀這末重要，自然要像〈大雅．烝民〉說的「威儀是力」了，這是讚美仲山甫的話。假如一個人沒有威儀，也就該挨罵了。〈鄘風．相鼠〉說：「相鼠有皮，人而無儀；人而無儀，不死何為？」假如沒有威儀，不如死了好，那末，人們就應該注重威儀了。所以〈鄘風．柏舟〉說：「髧彼兩髦，實維我儀，之死矢靡它。」寧死還要保持自己的威儀。威儀成了他們的人格表現，道德標準：這是周人的道德觀。

從政治、社會、經濟、教育、宗教、道德等等的文化因素，我們給《詩經》劃出了一個輪廓，也就是說，這些因素給予作者的影響，而使他產生了像《詩經》這樣的詩篇。現在我們再談到《詩經》的形式，也就是一般人所指的文學。

《詩經》應該稱為歌謠，而不應該稱為詩。因為在《詩經》裡用詩字的只有三次，而兩次還與歌字連用。一次說：「矢詩不多，維以遂歌。」詩當志講，矢作陳講，陳志不多，目的在遂著歌唱。他是因歌唱而陳志的。又一次說：「吉甫作誦，其詩孔碩。」誦也是歌的一種，不過不配音樂，像現在的朗誦詩。吉甫作了朗誦詩，他的志願才顯露出來，詩是因歌而才能「孔碩」的。《詩經》中單獨用詩字的，只有一次，就是〈小雅．巷伯〉說的：「寺人孟子，作為此詩，凡百君子，敬而聽之。」甲骨文、鐘鼎文、《易經》裡都沒有詩字，今文《尚書》中只有兩次，就是〈堯典〉的「詩言志」，〈金縢〉的「于後公乃為詩以詒王，名之曰鴟鴞」，然〈堯典〉晚出，是不是周朝的作品，還有問題。反過來講，《詩經》裡用「歌」字的有十四次，加上四次「誦」字，共有十八次，再加上《易經》中的兩次歌字，我們知道在周朝的時候，哭的時候歌，作夢的時候也歌，苦悶的時候歌，談愛情的時候也歌，斥責人的時候歌，述懷的時候也歌，質問人的罪過時歌，悲哀的時候也歌，跳舞的時候歌，感傷的時候也歌，遊樂的時候歌，讌飲的時候也歌，不滿意人的時候歌，快樂的時候也歌，得到敵人的時候歌，太陽落的時候也歌，簡直無時不歌，無地不歌，無人不歌，無事不歌，歌成為最流行、最通俗、最有用的表現形式。這樣講來，《詩經》的形式，就與各個民族的原始文學都相同了。然而詩字呢？詩就是志字，志是治國平天下的懷抱，《論語》裡孔子與門弟子幾次言志，都是言懷抱，這是士人變成一特殊階級，以出賣知識而才能攫得政權的目的後，才有的現象。周朝的士，他們本身就是貴族，雖是最低階層的貴族，他們用不著出賣知識才能獲得政權，所以用不著言志。他們的作品，只是感情的流露，所以不得稱為「詩」。詩到漢朝才正式產生，我們到下邊再講。

所以要這樣分辨三百篇應該稱為歌謠而不該稱為詩，對解釋詩義有莫大的關係。前人之所以誤解詩義，就由於這種觀念不清的緣故。

第一、歌謠與音樂發生著不可分離的關係。我們知道，歌唱、音樂、舞蹈，在原始的時候，是三位一體的藝術，舞時就有音樂與歌唱，歌時也有舞蹈與音樂。後來跳舞盡量向姿態方面發展，音樂盡量向音調方面發展，歌唱盡量向意義方面發展，三位就分了家，而各自成為獨立的藝術。然歌唱與音樂仍發生著密切的關係，甚而歌謠的形式就由音樂的形式而來。到後來，詩歌漸漸與音樂脫離而變成固定的形式後，才產生詩的形式。這種演變的痕跡，在《詩經》裡，很容易看得出來。《詩經》的章數，從一章起到十六章止，除一章的形式外，我們可得一個認識：就是章數愈少的，音樂性愈強；章數愈多的，音樂性愈弱。章數愈少的，形式愈有彈性；章數愈多的，形式愈固定。章數愈少的，愈顯得自然；章數愈多的，愈顯得人工。儘管如此，《詩經》的三百零五篇，沒有一篇不能唱，其分別只在配樂而唱的，稱之為歌，徒口而唱的稱之為謠，故謂歌謠。拿歌謠二字來稱謂三百篇，一點不錯；然要知道，三百篇不是沒有作者，像現在流行於民間的歌謠，而是士這種人用歌謠的形式來表現他們的情感。固然，我們不知道三百篇的作者是那一個人，然是士這一階層的人所寫，毫無問題。如謂三百篇沒有作者，全由老百姓的口頭流出，又是大錯而特錯。

第二、歌謠是純情感的流露，內裡沒有什麼美刺的涵義。「溫柔敦厚，詩教也」，這是漢人戴著有色的眼鏡來看《詩經》；其實，《詩經》最不敦厚，它有什麼話就講什麼話，有什麼意見就陳述什麼意見，有什麼情感就表現什麼情感。最坦白、最真誠、最赤裸，這是《詩經》好處，也是《詩經》最有價值的地方。它之所以能這樣，也有它的社會背景。上邊說，周朝的社會是宗法，而宗法社會之間，彼此都有血統或親戚的關係，彼此都以叔、伯、兄、弟、姑、姨、甥、舅相稱，職位固有區別，階級並不懸殊，權威意識固然濃厚，言論自由沒有剝奪，所以情感可以盡量地流露。所謂「理智」，就是顧慮，顧慮愈多，理智愈強。當一個兒童還沒有顧慮的時候，想哭就哭，想笑就笑，想罵人就罵人，大人對他毫無辦法；及至他受過幾次責罰後，想哭，想笑，想罵人的時候，一想到大人要罵要打時，也就不敢哭，不敢笑，不敢罵人了。宗法社會裡，人們的顧慮較之君主專制的時代要少得多，所以情感也就真摯得多。由情感的觀點來讀《詩經》，沒有一篇詩不是好的。

以上，從周朝封建政治下所產生的士，再由士所受的政治、社會、經濟、宗教、教育、道德等等的影響所產生的情感，而把《詩經》作一概念的認識，由此可知文化與文學的關係。前人還沒有把周朝文化的各種形態與《詩經》關係說個明白，所以我們多化一點時間來解釋。這是我國文化與文學的第一個階段，也是我國文化與文學的淵源。這一段解釋清楚了，以後的演變，就容易看得出來。以下，再談兩漢。

兩漢的政治是君主專制，在這種君主專制的政治下又產生一種人，也叫做士。不過，這時的士與周朝不同的：第一、周朝的士是貴族出身，而他們是平民；第二、周朝的士，主要的以武功獲得政治的地位，而他們是以知識。現在將這一階段的士人所受政治的、教育的、選舉的、思想的、經濟的等等影響作一敘述，然後再看他們所產生的文學。

在沒有講到漢代政治給予文學的影響以前，得先講明儒家與漢代政治的關係，因為漢代政治是受著儒家思想的影響。知道了這一點，再講漢代政治與文學就比較容易。

漢興，高祖出身於隴畝之中，本不知庠序之教，而攻城爭地，所需要的是斬將搴旗之士，不用著儒生。國家安定之後，群臣飲酒爭功，拔劍擊柱，高祖始知儒者難與進取，可與守成，遂願藉重儒生，令叔孫通制定朝儀。朝儀制定之後，諸侯群臣朝見，莫不震恐肅敬，不敢諠譁，漢高祖才高興說：「我今天才知道皇帝的尊貴！」從此，他才賞識儒生，尊崇孔子。再者，漢朝既想行君主專政，勢須削弱諸侯的勢力，以求國家的統一。這時就需要一種能與新政權配合的學說。孔子著《春秋》的目的，就在尊王攘夷。尊王、是謀國家的統一；攘夷、是謀國家的獨立。這種思想，最適合當時政治的需要，於是儒生就慢慢被重視了。漢文帝的削弱諸侯，就是用賈誼的《陳政事疏》。董仲舒、朱買臣都是以說《春秋》而顯貴，公孫弘更因治《春秋》而為相。到了武帝，乾脆罷黜百家，表章六經，儒家也就一尊了。這是儒家在漢初抬頭的經過。以下，再將西漢政治與文人的關係作一說明。

第一、高祖起自匹夫，他能坐上皇帝的寶座，由於群臣的擁戴，功臣宿將，皆封列侯。可是這些列侯的地位是與儒家思想矛盾的。當時天下初定，制度未立，諸侯王自相僭擬，封地過於龐大，往往尾大不掉。賈誼認為應該改正朔，易制度，定官名，興禮樂，這些措置的目的，都在限制諸侯王的權限。這樣，引起了貴族如周勃、灌嬰、張相如、馮敬等的反對，結果，賈誼被謫到長沙。漢初，有野心的幾位王侯如吳王、梁孝王、淮南王，都是招賢納士。然他們的招賢納士，並不是向心的，而是離心的，那就是說都在培養自己的勢力。嚴忌、枚乘等本來仕吳，因吳王有反意，阻諫不聽，去而之梁；梁孝王後來也有反意。淮南王也是因為反叛而被殺的。諸王的割據思想自然與儒家的大一統以及「一統乎天子」的思想不同。鼂錯的被殺，也由於要削弱貴族的勢力。

第二、漢行郡縣，自然要採官僚政治。官僚政治的目的在使「賢者在位，能者在職」，而官僚制度建築在法令上。主持法令者為胥吏，所以漢初公卿，多由胥吏出身。然胥吏制度是以資歷升遷的，好像現在的簡薦委制度，分成許多等級，作官的人得論資歷一步一步上爬，這種制度，與儒家的以才顯名而列不次之位的理想又不合。所以董仲舒在元光二年所上的〈舉賢良對策〉就反對這種制度。

第三、漢室天下初定，需要養生息民，所以西漢初年的幾位天子都信黃老而以無為為功。一直到竇太皇太后死後，漢武帝才敢罷黜百家，延文學儒者數百人。這時出名的儒者有公孫弘、兒寬、董仲舒、司馬相如、東方朔、吾丘壽王、朱買臣、嚴助、嚴安等，集一時之盛。

以上是政治思想之給予漢代文人的影響。其次，再談東漢。東漢中興，諸將帥多有儒者氣象，表現上，儒家得勢了，而實際上，又有新的政治阻力。

第一、光武用人，常據讖書，明帝、章帝相繼如此。光武時，桓譚曾力諫讖書的不可信，不聽。有一天，要建靈臺，光武故意問桓譚說：「我想以讖書決之，你的意思如何？」桓譚沉默了一會，回答說：「臣不讀讖書。」光武問他什麼緣故，他極言讖書不是經書，光武大怒，說他「非聖無法」，就要殺他。他叩頭到流血的地步，才讓他起來。後派他為六安郡丞，意忽忽不樂，死於路上。這是犧牲在讖書下的一位作家。明帝時，傅毅就因明帝相信讖書，求賢不篤，寫了一篇〈七繳〉以為諷諫。自中興以後，儒者爭習圖讖，兼復附以妖言。張衡也曾上書禁之，終無結果。

第二、章帝以後，外戚為患；章帝死後，竇太后臨朝，竇憲以重戚出納詔命，擅取驕恣。崔駰為他的主簿，前後曾上奏記數十，指切長短。安帝時，鄧太后臨朝，鄧騭兄弟輔政。馬融上〈廣成頌〉作為諷諫，鄧氏以為忤己，讓他當了十年校書郎，不予升官，他的侄兒死了，自請罷官，鄧太后還說他嫌官小，就把他關閉起來。鄧太后崩，安帝親政，雖又信任了他，然受這一次教訓後，再也不敢違忤勢家了。

第三、順帝以後，宦官為害。順帝時曾問張衡，獻帝時曾問蔡邕，讓他們把宦官的害處說出來，他們不敢說，然又不能不說，胡亂應對了幾句，結果得罪了宦官，幾乎喪命。

以上是兩漢政治給予文人的影響，現在再談文學。且以那時最流行的賦來說。賦的目的在諷，在西漢的時候，諷是諷天子的。我們想想看：天子有了過錯，為臣的想諷諫；處在君主專制的政體之下，君臣的階級非常懸殊，說錯了話，就有殺頭的危險，那末，這樣的諷諫文怎麼寫呢？敢不敢直接講呢？不敢，只有繞著彎來說，就形成賦這種體裁。像班固的〈兩都賦〉，張衡的〈西京賦〉，揚雄的〈甘泉賦〉，司馬相如的〈上林賦〉，都是諷諫皇帝的，都是先繞著彎講，最後把自己的意思略微提一提，這就是漢儒所謂的「溫柔敦厚」。他們的敦厚，是不得不然，東方朔就明白表示過，他之所以不敢講話，就怕講錯了，有抄家滅門之禍。到了東漢，帝王們都不任用真正的儒者，加以宦官與外戚為患，儒者為避免災害，大多信了道家，雖說沒有隱居，然而意志非常消沉。所以這時期的賦，是用來抒寫胸懷，變成詠懷一類的作品了。因之，賦的名稱雖同，而內容與形式也都改變了。兩漢時期的文學，以文學史的名稱來說，我們稱之為宗經時期，因為這時期作家的思想、言行都受六經的影響。

以上是兩漢，以下再談魏晉南北朝和初唐。

魏晉南北朝以及初唐，這五百年期間的文學，我們稱之為詠懷時期。「詠懷」二字是借用阮籍的詩篇名稱。阮籍的八十五首〈詠懷〉詩，並不是講自己對政治的抱負，也不是講自己在仕途中的感受，而只是講自己在人生中的感觸，有時雖也涉及仕途，然只講他的艱辛，對於功名富貴，毫不羨慕，這是〈詠懷〉詩的特徵。魏晉南北朝以及初唐詩人所講的，差不多都是這種內容，所以我們就以阮籍的詩篇名稱來稱謂這一時期的文學。然為什麼形成這樣的文學呢？茲再談那時期的文化情形。

周行封建之制，也就是公門有公，卿門有卿，官爵是世襲的。到了西漢，採取官僚政治，也就是賢者在位，能者在職，官爵是選賢舉能的。到了魏晉以後，又轉到貴族政治，也就是晉朝劉毅上晉武帝疏說的：「下品無高門，上品無賤族。」作小官的沒有貴族，作大官的沒有賤族。為什麼形成這樣的現象呢？因為漢朝末年，選舉制度破壞，負責選舉的人，專拍權貴者的馬屁，於是貴者愈貴，賤者愈賤，平進這一條路也就擋塞了。左思有一首〈詠史詩〉，正是表現這一時的情形。他說：「鬱鬱澗底松，離離山上苗。以彼徑寸莖，蔭此百尺條。世冑躡高位，英俊沈下僚。地勢使之然，由來非一朝。」加以那時候學校廢弛，沒有正式培養人才的機構；而有志之士，反到寺廟中讀書，其受釋道思想的影響，在所必然。加以這時候，正是佛教思想最發達的時候，所以這時期的作家，不是受道家的影響，就是受釋家的影響，再不然是受釋道雜揉的影響。儒家思想非常消沉，不過在北朝保存一點根苗。再者，這時期的政治動盪不安，從魏到隋這四百零九年裡，共有四十七個君主，平均每人在位不過九年。想想看：差不多每九年政局就要變動一次，而變動的原因，大多由於篡奪，這個上臺殺那個，那個上臺殺這個，殺的時候連臣宰們一起殺。文學家裡，嵇康是被殺的，張華是被殺的，陸機、陸雲兄弟倆是被殺的，潘岳是被殺的，劉琨、郭璞、謝靈運、謝朓都是被殺的。在這樣的恐怖情況之下，誰還敢作官？這時候的詩篇裡，作家常常提到「網羅」，就由這個原故。

在這種政治的、教育的、思想的、社會的環境之下，作家自然有隱的思想，於是產生了隱的文學。作家寫作的目的，既然只在抒情，就用比較富於彈性的文體，如五七言古風、樂府詩體，因為這些詩體是比較自由的。此其所以這時期五七言古風，樂府詩體最流行，而且最有成就的因由。

南北朝之後，到了唐宋，我國政治上又起了變化，又回到官僚政治。不過這時候又有一個新的矛盾，就是皇室與閥閱的爭權。皇室要提拔平民，而閥閱要擋塞平進之路。這裡所謂的閥閱，就是由南北朝繼續下來的貴族，他們把持著實際政權。他們最厭惡進士，而進士也最厭惡他們。韓愈說：「名聲荷朋友，援引乏姻婭。」名望是朋友們捧出來的，而作官可是沒有親戚的援引。作官是需要援引的，而在唐朝有所謂五大姓，也就是清河崔、范陽盧、趙郡李、滎陽鄭與天水李。他們互通婚姻，把持政權，他們的女兒比皇家的公主還要尊貴。那時候的人，很願意與五姓女結婚，不願意與皇家女結合。氣得唐文宗說：「民間修婚姻，不計官品，而上閥閱，我家二百年天下，顧不及崔盧也！」（《新唐書．公主列傳》）唐高宗的時候，曾下詔禁止五姓通婚，這樣一來，五姓秘密通婚，更增加了他們的地位。唐人之所以應舉進士目的在作官，然進士不一定年年考，考的時候，應舉的有千百人，而取的也不過十幾二十位，最多的一年，只有七十九人。進士之難，難於上青天。可是選得進士後，不能馬上作官，還得經過吏部考試，所以韓愈考上進士後，十年猶布衣。我們引一首白居易的詩，看看那時候社會地位的懸殊。他在〈悲哉行〉說：「悲哉為儒者，力學不知疲。讀書眼欲暗，秉筆手生胝。十上方一第，成名常苦遲。縱有宦達者，兩鬢已成絲。可惜少壯日，適在窮賤時。丈夫老且病，焉用富貴為？沉沉朱門宅，中有乳臭兒。狀貌如婦人，光明膏粱肌。手不把書卷，身不擐戎衣。二十襲封爵，門承勳戚資。春來日日出，服御何輕肥！朝從博徒飲，暮有倡樓棲。平封還酒債，堆金選娥眉。聲色狗馬外，其餘一無知。山苗與澗松，地勢隨高卑。古來無奈何，非君獨傷悲！」想想《紅樓夢》裡描寫的賈璉、賈珍、賈蓉，就會想像出唐代這批闊閱的生活情形了。賈赦說：「我們家裡的兒子還用讀書，只要識幾個字，還怕沒有官作？」與唐時的閥閱是一樣的。

在這樣的政治、教育、思想、選舉、社會環境之下，產生一種律詩。律詩正是他們求仕的媒介。律愈嚴、韻愈險、典愈多、字愈奇，愈顯出他們的天才高，學識博。可是當他們表現純情感時，又喜歡用五七言古風，因為這是比較自由的詩體。律詩、絕句與五、七言古風之所以在唐時發達，是有文化上的種種因素。

到了宋朝，政治制度固然承襲著唐代，考選制度與作官難易稍微有一點變動，文學也就不同了。

剛才講，唐代的進士最難，而又不一定每年舉行，考取的人數也最少，至多的一年也不過七十九人；可是到了宋朝，不但每年舉進士，取的人數也比較多，最多的一年，竟到八百零五人，超過了唐時十倍。不僅容易考，考取後馬上就有官作，不像唐人還得經過吏部考試。作官後，俸祿也比唐時為優，於是養成一種奢靡之風。加以那時的社會安定，商業繁榮，城市發達，人人需要娛樂，宋詞之所以發達，也就有社會根源了。詞的原來名稱叫曲子詞，曲子詞在唐初就有，它的產生根源就由於娛樂。不過，那時只限於帝王與文人的娛樂，到宋朝就變成社會的娛樂品了。娛樂的目的在鬆弛身心，而鬆弛身心的最好資料是性愛，所以詞要豔。詩是表現懷抱的，所以詩要莊。

人們常說：唐詩重情，宋詩說理，講到這裡，我們也找到它的根源了。情感是理想的追求激出來的，理想愈高，追求愈力，當其失望時的情感也愈重。唐代的進士最難，所取的也都是人才，然當作官時，又遇到閥閱的壓迫，唐代作家的情感，就在這種社會矛盾下激出來的。杜甫說：「儒術與我何有哉？孔丘盜跖俱塵埃！」又說：「自古聖賢多薄命，姦雄惡少皆封侯。五陵豪貴反顛倒，鄉里小兒狐白裘！」韓愈說：「今日無端讀書史，智慧祇足勞精神。畫蛇著足無處用，兩鬢霜白趨埃塵！」柳宗元說：「信書成自誤，經世漸知非。」孟郊說：「本望文字達，今因文字窮。」都由於不得志的牢騷發出來的。可是到了宋朝，作官比較容易了，生活比較安適了，目的達到了，還有什麼牢騷呢？既然缺乏感情，寫詩自然就說理了。

唐宋兩代文學雖有這一點的不同，然大體上是相同的，在文學史上應該是一個時期，我們稱之為傳奇時期。因為唐人傳奇裡有一篇沈既濟的〈枕中記〉，〈枕中記〉裡表現一位盧生的興衰際遇；而盧生的一切，正好代表了唐代文人的理想與際遇。盧生是傳奇中人物，而他正好代表唐宋文人，故稱唐宋作家為傳奇作家，唐宋文學為傳奇文學。關於這一點，拙著《文學新論》第十四章裡講得很清楚，諸位先生要是有興趣的話，不妨翻閱一下。

最後，我們再講到元明清。元明清，在朝代上是三個，在文學上，應該是一個時期，因為這三個朝代的文人所受的壓迫，大同小異，故文學也就大同小異。且分三個段落來講。

元朝是蒙古人入主中國，當他征服中國的時候，每佔據一個地方，即派官世守。及至他全部佔據中國後，仍然如此，這樣，中國的讀書人，就失掉了謀生的途徑。他的官既是由功臣世襲，也就用不著舉行科舉。元世祖時，廉希憲曾上疏說：「國家自開創以來，凡納土及始命之臣，咸令世守，至今將六十年，子孫皆奴視其部下，都邑長吏，皆其皂隸僮僕，前古所無。」（《元史》卷一二六）至元二年（西元一三三六年）才罷州縣官世襲，四年（西元一三三八年）又罷世侯置牧守，始議行遷轉法。然分兩榜舉行考試，左榜為蒙古、色目人，等於具文；右榜為漢人、南人，其真才實學者多不屑應舉。以致蒙古、色目人為官者，多不能執筆。據《輟耕錄》所載，那時人民有十色之稱，而儒生列在第九等，第八等是娼妓，第十等是乞丐，儒生是娼妓之下，乞丐之上的一種人。文人地位之低，於此可見。同時，他對漢人、南人隨意壓迫，隨意侮辱，漢人罵蒙古人的割舌，打蒙古人的割手。蒙古人殺死一個漢人，以一條驢來抵命。把漢人南人，壓迫得連氣都不敢出，所以馬致遠形容說：「似箭串著雁口，沒有一個人敢咳嗽！」在這樣的壓迫、侮辱之下，我引幾段宮大用的《范張雞黍》來看那時候的情形。他說：

〈天下樂〉你道是文章好立身，我道今人都為名利引，怪不著赤緊的翰林院，那夥老子每錢上緊。他歪吟的幾句詩，胡謅下一道文，都是些要人錢，諂佞臣。

〈那叱令〉國子監裡助教的尚書是他故人；秘書監裡著作的參政是他丈人；翰林院應舉的是左丞相的舍人：則《春秋》不知怎的發，《周禮》不知如何論，制詔誥是怎的行文！

〈鵲踏枝〉我堪恨那夥老喬民，用這等小猢猻，但學得些粧點皮膚，子曰詩云。本待要借路兒苟圖一個出身，他每現如今都齊了行不用別人。

〈寄生草〉將鳳凰池攔了前路，麒麟閣頂殺後門。便有那漢相如獻賦難求進，賈長沙痛哭誰俶問，董仲舒對策無公論！便有那公孫弘撞不開昭文舘內虎牢關，司馬遷打不破編修院裡長蛇陣。

〈么篇〉口邊廂妳腥也猶未落，頂門上胎髮也尚自存，生下來便落在那爺羹娘飯長生運，正行著兄先弟後財帛運，又交著夫榮妻貴催官運。你大拚著十年家富小兒嬌，也少不的一朝馬死黃金盡。

〈六么序〉

您子父每輪替著當朝貴，倒班兒居要津，則欺瞞著帝子王孫。猛力如輪，詭計如神，誰識您那一夥害軍民聚歛之臣！現如今那棟樑材平地上剛三寸，你說波，怎支撐那萬里乾坤？都是些裝肥羊法酒人皮囤，一個個智無四兩，肉重千斤！

〈么篇〉

這一夥魔軍，又無甚功勳，卻著他畫戟朱門，列鼎重裀，赤金白銀，翠袖紅裙，花酒盈樽，羊馬成群。有一日天打算衣絕，祿盡下場頭，少不的吊脊抽筋。小子白身，樂道安貧，覷此輩何足云云！滿胸襟拍塞懷孤憤，將雲間太華平吞！

諸位先生看，元代的文人，恨到什麼程度。拿這種態度來看元曲，就知道元曲裡為什麼充滿了仇恨的原因。由此，我們知道了為什麼大多數的元曲沒有作者的緣故。他們這樣地發洩忿恨，敢不敢用自己的姓名呢？

到了明朝，統治階級固然是漢人，然而明太祖遺留下了一個最大的惡例，就是廢除宰相。明太祖是一位雄猜之王，天下安定的時候，他已六十多歲，太子已死，孫子孱弱，一面封建諸子，一面誅戮功臣。適恰左丞相胡惟庸謀反，雖是被誅，他也就不再信任宰相，詔令說：「以後嗣君毋得議置丞相，臣下有奏請設立者，論以極刑。」這樣一來，明朝政治走向極度的惡化。

中國的宰相，大都出身平民，他知道民間的疾苦，他是帝室與人民的橋樑。現在把這橋樑撤去了，變成百分之百的君主專政。假如君主賢明，政治還可清明，恰恰遇到明朝的君主賢明的很少，往往幾十年不視朝，一切政事都取決於奸臣或宦官，此其所以明朝奸臣特別多，宦官特別弄權的緣故。在這種政治之下，我想舉一部《西遊記》為例，看看文學與那時代政治、社會、選舉、思想、宗教的關係。

《西遊記》是吳承恩寫的，吳承恩是明世宗時候的人。吳承恩的資質最聰明，讀書又最多，文章又最好，名望也很大，然命運不好，連一個進士都考不上，由明經出身，官也只作一個縣丞。縣丞並不是縣長，而是縣裡邊的一個小管事。所以他拂袖而去，放浪詩酒。由他的身世我們來看孫悟空。孫悟空學成武藝後，他的老師稱他為「天地生成」的英雄，而玉皇大帝只給他一個弼馬溫的官爵。當初他不知弼馬溫是什麼官爵，高興地去上任。及至知道弼馬溫就是馬夫，氣得了不得說：「這般藐視老孫！」於是大鬧天宮。可是天兵天將都是飯桶，都打不過他，只有依照他所要求的「齊天大聖」的官名來晉封，但是「有位無祿」。「有位無祿」就是現在說的掛名差使。遇到應酬的時候，人家請的是部長、次長、司長、科長以及其他有實權的人，不會請掛名差使的人，於是王母娘娘開蟠桃大會的時候就沒有請他，他又大鬧天宮。到這時，玉皇大帝對他沒有辦法，只有請佛法無邊的如來把他壓在五指山下。好不容易過了五百年，遇到向西天取經的唐僧，滿以為可以得到正果，想不到唐僧是一位信邪風、信讒言、軟耳朵、一頭水的膿包。《西遊記》裡的唐僧，絕對不是唐朝對我國文化貢獻最大的玄奘。他影射有人，下邊就可知道。遇到唐僧倒還罷了，偏偏又遇到一位豬八戒這位伙伴。佛教的八戒是：一不殺生，二不偷盜，三不邪淫，四不妄語，五不飲酒，六不坐高廣大床，七不著華鬘瓔珞，八不習歌舞伎樂，請問豬八戒戒那一樣？《西遊記》的豬八戒，是不是八戒的反面？所以豬八戒，實在是「諸不戒」。至於沙僧呢？我們看他在《西遊記》裡曾經建過一次功勞麼？只是一個應聲蟲，人家說什麼，他也說什麼，是一個十足的庸碌之輩。然這些人物影射誰呢？我們來看看明世宗、嚴嵩與那時的官僚。關於世宗的行為，在他的本紀裡看不出，〈陶仲文傳〉裡倒反映出他的為人。陶仲文是一位道士，專門用法術來愚弄明世宗，而明世宗偏偏相信他。陶仲文初初得寵的時候，曾有幾位儒臣諫諍，然不是打，就是貶，或是殺，幾次以後，人們也就不敢諫諍了，反有許多無恥之徒取容於陶仲文而得寵，這樣，陶仲文整整得寵二十年。陶仲文朝見的時候，不僅賜坐，且稱之為師，不直呼其名。明世宗的性格，據《明史》講，實在是一位外面似剛強而內裡很軟弱的人。這樣，不就是唐僧麼？又據《明史》講，嚴嵩什麼能力也沒有，專會拍馬屁，專會揣摩明世宗的心理，因而得寵。在外無惡不作，只哄著世宗一個人，這不就是豬八戒麼？一般庸碌的官僚，毫無建樹心理，只是唯唯否否，作個 yes man，這不就是沙僧麼？《西遊記》裡四個主要人物，固然都有所影射；即所寫的事蹟，也都可在現實社會找出根據。比如，凡是孫悟空所降服不了的妖怪，往天上一找，都找到了他的根源，那意思就是說，大的妖魔都是有來頭的。我們再看看《二十二史箚記》的《明史類》裡有一條〈明鄉官虐民之害〉，就可知道鄉宦怎樣在民間為害，然無處告訴。衡陽峪黑水河神府被妖魔佔據，黑水河神向行者訴冤說：「我卻沒奈何，竟往海內告他，原來西海龍王是他的母舅，不准我的狀子，教我讓與他住。我欲啟奏上天，奈何神微職小，不能得見玉帝。」這正是明朝老百姓的苦處。再者，《西遊記》裡所記的四個國家，如寶象國、祭賽國、獅駝國、比丘國，沒有一個不是文也不賢，武也不良，國王也不是有道，而且都被妖魔迷惑，這都是象徵明世宗朝。由此可知，文人的手筆多麼利害，他不敢彰明較著的說時，就用象徵法，這樣，把他心目中所感觸的現實世界就表現出來了。《三國演義》、《水滸傳》、《金瓶梅》，都是這一時代的作品，也都是用象徵方法來表現這個時代。《水滸傳》、《金瓶梅》的表現現實社會，比較容易看出，至於《三國演義》，我曾有一篇〈三國演義的價值〉一文，作為世界書局刊行的《三國演義》序文，諸位先生如果有興趣的話，將那篇文章看看，就知道他是怎樣用歷史的故事來表現現實社會。

講到清朝，政治的壓迫更利害了。一方面用懷柔政策，一方面用文字獄，雙管齊下，迫得讀書人就範。他的懷柔政策就是開科取士，凡是想作官的都給他個官作；不但有官作，在上學的時候還供給官費；但是有一樣，不准你談論政治。清時的明倫堂裡，都有臥碑，上邊刻著不准生員談論國事，違者重罰。這樣，養出些利祿之徒，只要有個官作，也就心滿意足了。袁枚在〈書院議〉批評這種政策說：「民之秀者已升之學矣，民之優秀者又升之書院。升之學者歲有餼，升之書院者月有餼。士、貧者多，富者少，於是求名賒而謀食殷。上之人探其然，則又挾區區之廩，假以震動黜陟之，而自謂能教士，過矣。」所以清朝的教育，實在是奴才教育。

在這種政治、教育、社會環境之下，再看產生怎樣的文學。且以《紅樓夢》為例。賈寶玉說：「女兒是水做的骨肉，男人是泥做的骨肉；我看見女兒便清爽，見了男子便覺濁臭逼人！」這好像是不著邊際的話，而實際上也是那一時代的反映。賈寶玉稱一般官僚為「國賊祿蠹」，試問，一般官僚只知道食國家的俸祿，而對人民毫無貢獻，不是祿蠹是什麼？既然專吃俸祿，不又是國賊是什麼？然這種祿蠹國賊，只有男子來作，女子是不作的。即令如此，薛寶釵往往還有這種濁氣，她勸寶玉去會會那些為官作宦的，也好有個前途，寶玉生氣道：「好好的一個清淨潔白女子，也學的釣名沽譽，入了國賊祿蠹之流！」可知他所以要說：見了女兒便清爽，見了男人便覺濁臭逼人的緣故了。曹雪芹是大澈大悟之後來寫《紅樓夢》。他對當代的政治與社會激烈地在批評；然他敢明寫麼？不敢，只有假賈寶玉的口把他的意見表現出來。賈寶玉是一位兒童，童言無忌，他就這樣作了政治的與社會的批評。

元明清三代的文學，我們總稱之曰平話文學，因為他們的寫作，都是站在平民的立場而作為平民的代言人。

以上，我們順著作者的線索，就是怎樣形成作者以及作者的感觸與作品，將中國文學與中國文化演變的關係，作一極概要的敘述。作者是透過各種形態的文化，他又將各種文化給他的感觸變為作品，於是顯出了文化與文學的關係。不過，這裡還得提一句的，就是中國數千年的文學作者始終是一種人，雖說他們的出身，在周朝與秦漢以後稍有不同，然他們的命運都是一樣的。他們所處的都是農業經濟，在農業經濟之下，工商業不發達，才智之士，謀生無門，只有作官這一條路。當國家建設，需要人才的時候，他們都出來作官；當國家敗亂，不需要人才的時候，他們就有隱居之意。由他們的感觸，又可知歷代的政治興衰與其他各種文化的演變。如此，將文學與文化，文化與文學打成一片，作研究的時候也就有線索可尋了。

對不起，在大熱天，耽誤諸位先生兩小時的寶貴時間。謝謝。

原刊《大陸雜誌》十七卷五期

論方言與文學的關係

——並就《紅樓夢》高鶚修正本談寫作技巧

我們都知道意大利有一位偉大的文學家丹丁，他用方言寫了一部《神曲》，這部《神曲》，不僅是一部世界文學的名著，而且奠定了意大利文字的基礎。我們又知道西班牙有一位偉大的文學家賽萬提斯，他也用方言寫了一部《吉訶德先生》，這部《吉訶德先生》，不僅也是一部世界的名著，而且也奠定了西班牙文字的基礎。我們還知道法國有一位偉大的文學家拉伯雷，他也用方言寫了一部《加剛督亞》，而這部《加剛督亞》，也是一部世界文學的名著，也奠定了法國文字的基礎。我以前只知道這種事實，不了解此中道理。自從我將脂硯齋的《紅樓夢》抄本與高鶚的修正本對照後，我才知道了此中道理，謹說明如下。

文學是生活的表現，而表現生活最直接、最真實、最能繪聲繪色的莫過於語言。然語言是有地方性的，我們現在所提倡的國語，何嘗不是北平話的擴大？所謂英語、法語、意大利語當初何嘗不是由歐洲的拉丁土語（bas latin）演變而來？表現的目的，就在尋找最恰當的用語，將自己的情感思想表達出來。所以因人物的出身、地位、職業、知識、修養、思想、情感等等的不同，產生各色各樣的表現，這樣，才顯出文字的生動、變化來。因此，在真正表現民族精神的作品裡，自然而然也就避免不了方言。可是一般作家不了解這種道理，他只在求雅求普通，也就不敢使用，或不願使用方言。高鶚之修改《紅樓夢》，就著重在這種雅與普通上。例如第四十回裡有一段：

那劉姥姥入了坐，拿起箸來，沉甸甸的不伏手。原是鳳姐和鴛鴦商議定了，單拿一雙老年四楞子象牙廂（鑲）金的筷子與劉姥姥。劉姥姥見了，說道：「這叉爬子比俺們那裡鐵掀還沉，那裡犟的過他？」

這「犟」字本來是北方話，箝服的意思。因為筷子太大，太重，不好使用，所以說「那裡犟的過他」。可是高鶚改為「那拿的動他」，文字普通了，然而不是劉姥姥說的話。

還有也是這一回：

劉姥姥拿起箸來，只覺不聽使。又說道：「這裡的雞兒也俊，下的這蛋也小巧。怪俊的，我且肏攮一個兒。」眾人方住了笑，聽見這話，又笑起來。

「肏攮」、也是北方土語，吃的意思。高鶚感到不雅，將「我且肏攮一個兒」，改為「我且得一個兒」。雅則雅矣，意味完全不對了。

自從我發現了這種現象，就常常思索曹雪芹的表現技巧。原來曹雪芹對語言十分注意，他以北平方言為基礎，是什麼樣人說什麼話，他就寫什麼話，初不問雅與不雅，普通不普通，所以他的文字，才能那樣生動，那樣有色調。劉姥姥有劉姥姥的話，賈母有賈母的話，薛寶釵有薛寶釵的話，林黛玉有林黛玉的話，史湘雲有史湘雲的話，鳳姐有鳳姐的話，薛蟠有薛蟠的話，這些人只要一開口，我們就知道是那個人在講話。當初，我們只佩服他表現力的強大，而不知他這種表現技巧，就因為用各種人物應有的語言來表現各種人物的性格。

然曹雪芹在表現上最大的成功處，還在他用最恰當的語言文字來表現他的人物，注意這「最恰當」三個字。我們先引兩段高鶚改正過的第二十二回，然後再與曹雪芹的原文作一比較，高低就分出來了。

晚間，湘雲便命翠縷把衣包收拾了。翠縷道：「忙什麼？等去的時候包也不遲。」湘雲道：「明早就走！還在這裡做什麼？看人家的臉子！」寶玉聽了這話，忙近前說道：「好妹妹，你錯怪了我。林妹妹是個多心的人，別人分明知道，不肯說出來，也皆因怕他惱。誰知你不防頭，就說出來了，他豈不惱呢？我怕你得罪了人，所以纔使眼色。你這會子惱了我，豈不辜負了我？要是別人，那怕他得罪了人，與我何干呢？」湘雲摔手道：「你那花言巧語，別望著我說；我原不及你林妹妹！別人拿他取笑兒都使得，我說了就有不是。——我本也不配和他說話；他是主子姑娘，我是奴才丫頭麼？」寶玉急的說道：「我倒是為你為出不是來了。我要有壞心，立刻化成灰，教萬人拿腳踹！」湘雲道：「大正月裡，少信著嘴胡說。這些沒要緊的歪話，你要說，你說給那些小性兒，行動愛惱人，會轄治你的人聽去。別叫我啐你！」說著，進賈母裡間屋裡，氣忿忿的躺著去了。

寶玉沒趣，只得又來找黛玉。誰知纔進門，便被黛玉推出來了，將門關上。寶玉又不解何故，在窗外只是低聲叫：「好妹妹！好妹妹！」黛玉總不理他。寶玉悶悶的垂頭不語。紫鵑卻早知端底，當此時，料不能勸。那寶玉只呆呆的站著。黛玉只當他回去了，卻開了門，只見寶玉還站在那裡。黛玉不好再閉門。寶玉因跟進來問道：「凡事都有個緣故，說出來人也不委屈。好好的就惱，到底為什麼起呢？」黛玉冷笑道：「問我呢？我也不知為什麼？我原是為你們取笑兒的，拿我比戲子，給眾人取笑兒！」寶玉道：「我並沒有比你，也並沒有笑你，為什麼惱我呢？」黛玉道：「你還要比！你還要笑！你不比不笑，比人家比了笑了的還利害呢？」寶玉聽說，無可分辯。黛玉又道：「這還可恕。你為什麼又和雲兒使眼色兒？這安的是什麼心？莫不是他和我玩，他就自輕自賤了？他是公侯的小姐，我原是民間的丫頭，他和我玩，設如我回了口，那不是他自惹輕賤？你是這個主意不是？你卻也是好心，只是那個不領你的情，一般也惱了。你又拿我作情，倒說我小性兒，行動愛惱人。你又怕他得罪了我。——我惱他，與你何干？他得罪了我，又與你何干呢？」

假如不與曹雪芹的原文作比，這兩段文字，看來也還清楚，也滿好；可是與原文一對照，就知道曹雪芹之所以了不起了。原文是：

晚間，湘雲更衣時，便命翠縷把衣包打開收拾，都包了起來。翠縷道：「忙什麼？等去的日子再包也不遲。」湘雲道：「明兒一早就走！還在這裡作什麼？看人家的鼻子眼睛，什麼意思！」寶玉聽了這話，忙趕近前拉他說道：「好妹妹，你錯怪了我！林妹妹是個多心的人，別人分明知道，不肯說出來，也皆因怕他惱。誰知你不防頭，就說了出來，他豈不惱你？我怕你得罪了他，所以纔使眼色。你這會子惱了我，不但辜負了我，而且反倒委曲了我，若要是別人，那怕他得罪了十個人，與我何干呢？」湘雲摔手道：「你那花言巧語，別哄我，我也原不如你林妹妹！別人說他，拿他取笑兒都使得，只我說了，就有不是。——我原不配說他，他是小姐主子，我是奴才丫頭，得罪了他，使不得。」寶玉急的說道：「我倒是為你，反為出不是來了。我要有外心，立刻化成灰，教萬人踐踹。」湘雲道：「大正月裡，少信著嘴胡說，這些沒要緊的惡誓散話歪話，說給那些小性兒，行動愛惱人，會轄治人聽去。別叫我啐你！」說著，一逕至賈母裡間，忿忿的躺著去了。

寶玉沒趣，只得又來找黛玉，剛到門檻前，黛玉便推出來，將門關上。寶玉又不解何意，在窗外只是吞聲叫：「好妹妹！」黛玉總不理他。寶玉悶悶的垂頭自審。襲人早知端的，當此時，料不能勸。那寶玉只呆呆的站在那裡，黛玉只當他回房去了，便起來開門，只見寶玉還站在那裡。黛玉反不好意思，不好再關門，只得抽身上床躺著，寶玉隨進來，問道：「凡事都有原故，說出來人也不委屈。好好的就惱了，終是什麼原故起的？」林黛玉冷笑道：「問的我倒好？我也不知為什麼原故。我原是給你取笑的？拿著我比戲子取笑！」寶玉道：「我並沒有比你，我並沒笑，為什麼惱我呢？」黛玉道：「你還要比！你還要笑！你不比不笑，比人比了笑了的還利害呢！」寶玉聽說，無可分辯，不則一聲。黛玉又道：「這一節還可恕得。再你為什麼又和雲兒使眼色？這安的是什麼心？莫不是他和我玩，他就自輕自賤了？他是公侯的小姐，我原是貧民的丫頭，他和我玩，設若我回了口，豈不他自惹人輕賤呢？是這主意不是？這卻也是你的好心，只是那一個偏又不領的這好情，一般也惱了。你又拿我作情，倒說我小性兒，行動愛惱人。你又怕他得罪我。——我惱他，與你何干？他得罪了我，又與你何干？」

兩者對照之下，發現了許多不同：

第一、「晚間，湘雲更衣時，便命翠縷把衣包打開收拾，都包了起來」，「更衣時」，是發命令的時間，「把衣包打開收拾，都包了起來」是命令，高鶚改為「晚間，湘雲便命翠縷把衣包收拾了」，是已經收拾了的意思，怎麼接下句翠縷說的：「忙什麼」呢？且「湘雲更衣時」，是表示湘雲生氣之大，急於要回去，若只說「晚間」，就顯不出著急的樣子。且於更衣時講這種話，睹物生情，極為自然；單說「晚間」，晚間什麼時候呢？「更衣時」三字，萬萬去不得。

第二、「等去的日子再包也不遲」，「日子」改為「時候」，又去掉了「再」字，將口語的意味完全失掉了。「日子」與「時候」的意義完全不同，「日子」是去的那一天，表示湘雲還要在這裡住幾天，何必忙呢，若改為「時候」，就沒有這些意義了。且「再」字是加重語氣，如果去掉，語氣就減輕了。

第三、「明兒一早就走」，去掉了「兒一」二字，意義固然一樣，然失掉了北平話的特色。

第四、「看人家的鼻子眼睛，什麼意思！」改為「看人家的臉子」，意思好像是一樣，而所以要說「鼻子眼睛」的，是接上文「寶玉聽了，忙把湘雲瞅了一眼」而來，話中有因；如只說「看人家的臉子」，就比較空泛了一點。

第五、「忙趕近前拉他說道」，形容寶玉的親熱情形，所以下邊寫「湘雲摔手道」，又是湘雲生氣的情形，可是高鶚只將上句改為「忙近前說道」，而沒有改「湘雲摔手道」，使湘雲摔手沒有了著落。且情調也不同了。

第六、「就說了出來」，高鶚改為「就說出來了」，「了」字地位的更動，使語氣的輕重大為改變。

第七、「他豈不惱你？我怕你得罪了他」，高鶚改為「他豈不惱呢？我怕你得罪了人」，「你」、「他」是當面講話的稱謂，語氣比較強，若改為「呢」與「人」就失掉了力量。

第八、「你這會子惱了我，不但辜負了我，而且反倒委曲了我，若要是別人，那怕他得罪了十個人，與我何干呢？」高鶚改為「你這會子惱了我，豈不辜負了我？要是別人，那怕他得罪了人，與我何干呢？」原來的句子是兩重意思：一方面是辜負，一方面是委曲，改了後的文字，就失掉了一層意思。且「十個」兩個字，萬萬去不得，因為這是加重語氣的表現，若去掉，話語的」力量就減輕了。

第九、「你那花言巧語，別哄我」，花言巧語是哄人的話，所以說「別哄我」，高鶚改為「別望著我說」，意味就不同了。

第十、「我原不配說他」，是承上段故事而來，高鶚改為「我本也不配和他說話」，上無承，下無著，就變成一句空話了。

第十一、「我倒是為你，反為出不是來了」，高鶚將「反」字去掉，改為「我倒是為你為出不是來了」，語氣的力量，就差了許多。

第十二、「我要有外心」，改為「我要有壞心」，意義完全不同。「外心」是別的心，換言之，就是沒有別的用意，這是表示與湘雲親近的意思，如改為「壞心」，意味完全不同了。

第十三、「在窗外只是吞聲叫」，「吞」字改為「低」字，意味也不同了。「吞」是忍氣吞聲，寶玉受了一肚子的委曲，不敢發作，所以「只是吞聲叫」，若改為「低」，前後故事就不連結了。

第十四、「寶玉悶悶的垂頭自審」，「自審」二字改為「不語」，情調大大地變了。「垂頭自審」，是寶玉「不解何意」，垂著頭在思索，這裡怎麼可以改為「不語」呢？「自審」表現出了這時寶玉的心理形態，而「不語」，也不過是不說話罷了。

第十五、「那寶玉只呆呆的站在那裡，黛玉只當他回房去了，便起來開門，只見寶玉還站在那裡。黛玉反不好意思，不好再關門，只得抽身上床躺著。」大概高鶚感到這些句子太囉嗦，於是改為「那寶玉只呆呆的站著，黛玉只當他回去了，卻開了門，只見寶玉還站在那裡。黛玉不好再閉門。」簡單是簡單了，但是情調完全失掉了。高鶚將「那裡」與「房」字去掉，失去了寶玉的所在地，以及他回什麼地方去的意思。這還不重要。「便起來開門」，他改為「卻開了門」，整個把黛玉的內心與形態失掉了。「便起來」是表現黛玉在房裡的形態，她不是躺著，就是坐著，所以說「便起來」，今改為「卻開了門」，只是一種動作，黛玉在房內的心情就沒有了。尤其刪得無道理的，是將「黛玉反不好意思，不好再關門，只好抽身上床躺著」刪掉。這裡寫黛玉的心理、動作、多末逼真，多末入理，多末生動，就像我們親眼看見黛玉的行動一樣。可是只寫一句「黛玉不好再閉門」，這些景象都沒有了。

從曹雪芹的原文與高鶚的刪改之下，使我們對偉大的文學作品有幾點認識：

第一、偉大的文學家，他所看到的與所注意的，是人物的內心與外形，他就用形相化的文字，將這內心與外形直接地表現出來，使我們讀的人，好像真的看到這個人物的內心與外形。一般文學家，他所注意的是觀念，在他表現的時候，他以為只要把觀念形象化，就認為是文學作品了。這是一個大的差別，而這個差別，也就決定了文學家表現技巧的高低。高鶚之所以將曹雪芹形相化的文字簡化，就由他不了解偉大文學家高度表現的技巧。

第二、偉大的文學家，是有深刻的經驗，深刻的體會，所以有深刻的、生動的表現。一般文學家，他所看到的、注意的、體會的，都是表面的現象，所以他的表現也是表面的表現。高鶚之所以這樣刪改《紅樓夢》原文，就是因為他認為這樣就夠了，所以他才刪改。

第三、偉大的文學家，他的文字固然由方言（實際上，語言沒有不是方言的）脫胎而來，然把方言美化了。所謂美化的意思，就是語言往往是囉嗦的，而文學家把它簡化了，簡化得不多一個字，不少一個字，而且修辭也非常恰當，結構也非常自然，好像天生的這一段文字，來表現這一件事物。然要經過作者多少的心血與磨練，才能達到這樣的境地呀！一般人總認為白話文就是我手寫我口，對於洗練、修辭、結構等等，一點也不注意，結果，使白話文只是白話，而不是文，因為文是要透過作者的藝術手腕的。平時，我們讀《紅樓夢》的時候，感覺不到作者在文字上所下的心血，只以為是隨筆而成，現在與高鶚改的一對照，就可看出作者的心血了。

原刊《中國語文》月刊七卷三期

關於《紅樓夢》原本問題

現在流行的一百二十回《紅樓夢》，不管是程甲本或程乙本，都是經過高鶚訂正過的。另外還有八十回本的《紅樓夢》，不管是有正書局印行的，或文淵出版社翻印的，都沒有經過高鶚的刪改，它們同出一源，可能都是根據原本輾轉抄錄而來，故人們稱之為原本《紅樓夢》。我為什麼說「根據原本輾轉抄錄而來」呢？因為程乙本裡有幾條「引言」說：

是書前八十回，藏書家抄錄傳閱，幾三十年矣。

又說：

書中前八十回，抄本各家互異。今廣集核勘，準情酌理，補遺訂訛。

又說：

是書沿傳既久，坊間繕本及諸家所藏秘稿，繁簡歧出，前後錯見。即如六十七回，此有彼無，題同文異，燕石莫辨。

從這幾段話，可知當初前八十回的抄本，紛歧到什麼程度。現在可以看到的有正書局本與文淵出版社本，也不過是當時傳抄本的兩種而已（另外還有胡適之先生藏的十五回抄本，已由胡先生影印，商務印書館代售）。

這兩種抄本的流行，給我們研究《紅樓夢》的人很大方便，因為一方面可以使我們稍微知道一點《紅樓夢》的本來面目；另一方面，又可使我們校出高鶚所刪改的是那些地方。由原本與改正本的校對，使我了解曹雪芹運用方言的成功，於是我寫了一篇〈論方言與文學的關係——並就紅樓夢高鶚修正本談寫作技巧〉。想不到這篇文章引起了蘇雪林先生的注意，她寫了一篇〈由紅樓夢談到偶像崇拜〉，對我的觀點頗多疑議。蘇先生的賜教，非常的感激，因為能同一位老前輩，而且是我所最敬仰的蘇先生來討論學問，是一件很榮幸的事。

蘇先生第一個疑議是：

這部脂硯四閱八十回原本《紅樓》，別字連篇，（批語尤甚，很少三句不帶別字）造句常不自然，遣詞多輕重失當，有幾回寫得更壞，簡直瘢疵累累，傷痕遍體，令人不忍卒睹。

這種現象，確實是有；然這個賬不能記在曹雪芹身上，因為這不是原稿，而是傳抄本。程乙本的「引言」明明說：「抄本各家互異。今廣集核勘，準情酌理，補遺訂訛。」可知訛的不止這一種本子。尤其文淵出版社影印的這個抄本，從筆跡來看，恐怕是一位文理欠通的人所抄，所以別字連篇。有正本的別字就少多了。至於批語的別字，也是傳抄的人抄錯的，俞平伯就將各種批語，集合起來，加以校訂，名之曰《脂硯齋評語輯錄》，而且他也說：「所收輯到的評語都是傳抄本，不是原稿。」（大意如此。原書不在手邊，無法引證原文。）

其次蘇先生就引證我所認為的高鶚改本的瑕疵，來替高鶚辯護。現在為眉目清楚起見，我將曹雪芹的原文與高鶚的刪改處列出，其次，再將我所指出的瑕疵與蘇先生的辯護錄下，最後我再說出我對蘇先生的意見，敬請蘇先生與讀者先生作一個公正的批判。

㈠原本第二十二回：「晚間，湘雲更衣時，便命翠縷把衣包打開收拾，都包了起來。」高鶚改為：「晚間，湘雲便命翠縷把衣包收拾了。」

我的批評是：

「更衣時」，是發命令的時間，「把衣包打開收拾，都包了起來」是命令，高鶚改為「晚間，湘雲便命翠縷把衣包收拾了」，是已經收拾了的意思，怎麼接下句翠縷說的：「忙什麼」呢？且「湘雲更衣時」，是表示湘雲生氣之大，急於要回去，若只說「晚間」，就顯不出著急的樣子。且於更衣時講這種話，睹物生情，極為自然；單說「晚間」，晚間什麼時候呢？「更衣時」三字，萬萬去不得。

蘇先生說：

更衣有二解，其一是如廁，……其一是易衣，……。湘雲的更衣，究竟是上廁呢？還是易衣就寢呢？我以為無論上廁或更衣就寢，寶玉都不能在她跟前。雖然他們是內親，而且年齡都還不大，諸事沒有忌避。不過在這個時候，他們也還是要避一避。所以「更衣時」三字萬萬要不得。

我請蘇先生再把第二十二回這段文字詳細看看，這明明是敘述的語氣，敘述湘雲與寶玉對話的時間，難道一說「更衣時」，寶玉就是跟著湘雲到廁所或是看著她換衣服麼？他就不能在更衣的時間在湘雲的房間裡麼？

㈡原本「還在這裡作什麼？看人家的鼻子眼睛」，改為「看人家的臉子」。

我的批評是：

「看人家的鼻子眼睛，什麼意思！」改為「看人家的臉子」，意思好像是一樣，而所以要說「鼻子眼睛」的，是接上文「寶玉聽了，忙把湘雲瞅了一眼」而來，話中有因；如只說「看人家的臉子」，就比較空泛了一點。

蘇先生說：

「看人臉色」是常語，「看人家的鼻子眼睛」，不但措詞累贅，意義亦不甚明瞭。我們可以使眼睛向人表情，鼻子則僅能用之於嗤笑，雖鼻子有時可擠，但這個場合用不上。

請問：鼻子用之於「嗤笑」，是否也是表情？鼻子嗤笑，正是表情的一種。所謂「看人臉色」，是包括眼睛與鼻子的表情兩者而言。擠鼻子，在這個場合是用不上的，但嗤笑是用得上的。「看人臉色」是常語，「看人家的鼻子眼睛」也是北方的口語。注意一下人們的口語就知道了，意義有什麼不明瞭呢？要說措詞累贅，那只有怪這個口語，不能怪刻意保留口語的人。再者，蘇先生既說：「鼻子則僅能用之於嗤笑」，怎麼又說：「雖鼻子有時可擠」？擠鼻子又是一種表情，與嗤笑不同，那末，怎能說「鼻子則僅能用之於嗤笑」呢？

㊂原本「寶玉沒趣，只得又來找黛玉，剛到門檻前，黛玉便推出來，將門關上。寶玉又不

解何意，在窗外只是吞聲叫：『好妹妹！』黛玉總不理他。寶玉悶悶的垂頭自審。襲人早知端的，當此時，料不能勸。那寶玉只呆呆的站在那裡，黛玉只當他回房去了，便起來開門，只見寶玉還站在那裡。黛玉反不好意思，不好再關門，只得抽身上床躺著。」高鶚改為「寶玉沒趣，只得又來找黛玉。誰知纔進門，便被黛玉推出來了，將門關上。寶玉又不解何故，在窗外只是低聲叫：『好妹妹！好妹妹！』黛玉總不理他。寶玉悶悶的垂頭不語。紫鵑卻早知端底，當此時，料不能勸。那寶玉只呆呆的站著，黛玉只當他回去了，卻開了門，只見寶玉還站在那裡。黛玉不好再閉門。」

我對於這段的刪改批評說：

「在窗外只是吞聲叫」，「吞」字改為「低」字，意味也不同了。「吞」是忍氣吞聲，寶玉受了一肚子的委曲，不敢發作，所以「只是吞聲叫」，若改為「低」，前後故事就不連結了。

「寶玉悶悶的垂頭自審」，「自審」二字改為「不語」，情調大大地變了。「垂頭自審」，是寶玉「不解何意」，垂著頭在思索，這裡怎麼可以改為「不語」呢？「自審」表現出了這時寶玉的心理形態，而「不語」，也不過是不說話罷了。

「那寶玉只呆呆的站在那裡，黛玉只當他回房去了，便起來開門，只見寶玉還站在那裡。

黛玉反不好意思，不好再關門，只得抽身上床躺著。」大概高鶚感到這些句子太囉嗦，於是改為「那寶玉只呆呆的站著，黛玉只當他回去了，卻開了門，只見寶玉還站在那裡。黛玉不好再閉門。」簡單是簡單了，但是情調完全失掉了。高鶚將「那裡」與「房」字去掉，失去了寶玉的所在地，以及他回什麼地方去的意思。這還不重要。「便起來開門」，他改為「卻開了門」，整個把黛玉的內心與形態失掉了。「便起來」是表現黛玉在房裡的形態，她不是躺著，就是坐著，所以說「便起來」，今改為「卻開了門」，只是一種動作，黛玉在房內的心情就沒有了。尤其刪得無道理的，是將「黛玉反不好意思，不好再關門，只好抽身上床躺著」刪掉。這裡寫黛玉的心理、動作，多末逼真，多末入理，多麼生動，就像我們親眼看見黛玉的行動一樣。可是只寫一句「黛玉不好再閉門」，這些景象都沒有了。

蘇先生批評我說：

「剛到門檻前，黛玉便推出來」，在文法上雖不致完全不通，究竟不大妥當，應說「黛玉便將他推了出來」，但改本「便被黛玉推出來了」更為簡潔。我們不問襲人何以忽在此出現，因為這也許是手民一時大意寫錯。「低聲叫」，比「吞聲叫」又高了不知多少倍。吞聲是哭泣時不敢出聲之謂。鮑照詩「吞聲躑躅不敢言」，杜甫詩「死別已吞聲，生別長惻惻」。這是不能作為「忍氣吞聲」解的。請問既吞聲了，還能叫麼？

「吞聲」的意義，據《辭海》的解釋有兩種：一是聲欲出不出，如江淹〈恨賦〉「莫不飲恨而吞聲」，如鮑照〈擬行路難〉「吞聲躑躅不敢言」的吞聲，都屬此義。二是哭不成聲，如杜甫〈哀江頭〉「少陵野老吞聲哭」，以及蘇先生引的「死別已吞聲」的吞聲，又屬此義。而蘇先生只說，「吞聲是哭泣時不敢出聲之謂」，那末上引四句詩賦都解釋不通了。「莫不飲恨而吞聲」，「吞聲躑躅不敢言」，只是不敢出聲，並沒有哭的意思，而「少陵野老吞聲哭」，「死別已吞聲」，只是哭不成聲，並沒有「不敢出聲」的意思。曹雪芹所用的「吞聲」，當屬第一義，就是又想叫又不敢叫的聲音，這是形容寶玉受了一肚子的委曲，不敢發作，只得忍氣吞聲在窗外叫「好妹妹！好妹妹！」蘇先生說：「既吞聲了，還能叫麼？」我說能叫。如果不信，蘇先生不妨設身處地去試試，就知道所叫出的是什麼聲音。也就可知道到底是「吞聲叫」好呢？還是「低聲叫」好？至於「黛玉便推出來」，改為「便被黛玉推出來了」，確實較好。「襲人」改為「紫鵑」，也很合理。應該感謝蘇先生的指教。

蘇先生又批評我說：

「自審」二字也多餘。「垂頭不語」是外面人們對寶玉所看出的景象，「垂頭自審」是寶玉內部心靈的自覺。在這裡是用不著自覺的。一定要用，「垂頭思索」也比「垂頭自審」自然得多。

黛玉把寶玉推出門來，把門關上，這時只有他們兩個人，一個在室內，一個在門外，怎麼會有「外面人們」看出寶玉的景象呢？「垂頭自審」，正是「寶玉內部心靈的自覺」，因為沒有第二個人在外面，為什麼「在這裡是用不著自覺的」呢？問題突然發生了，而自己還不知道發生的原因，於是自己在思索解釋這個問題，是用「垂頭自審」好呢？還是「垂頭不語」好呢？那一句更能表出人物的心靈形態呢？「自審」是自問，與單是思索不同，思索不一定就是自審，這時寶玉的心理是自問，而不是思索。蘇先生之所以感到不「自然」，因為我們常用的是「思索」二字，很少用「自審」；然這時寶玉的心理是「自審」，而不是思索，這正顯出曹雪芹的匠心。

蘇先生又批評我說：

「只得抽身上床躺著」，上床躺著就上床躺著吧，何必又多「抽身」二字？「抽身」二字也和「吞聲」二字相似，有其特殊的意義，不可亂用。譬如從是非場中抽身出來，從富貴利祿場中抽身後退，可以表示當事人的明智、勇決。至於小兒女鬧氣，有何抽身之可言呢？我想作者本意是想作「迴身上床躺著」，無奈他對用字的習慣每欠明瞭，率爾用了抽身，而不知其不可通。

「抽身」在文言文裡，確實如蘇先生所說，是指「從是非場中抽身出來，從富貴利祿場中抽身後退」，如蘇軾所寫〈李頎秀才善畫山水以兩軸見寄乃有詩次韻答之〉一詩：「詩句對君難出手，雲泉勸我早抽身。」就是用這個意思。可是北方口語中，卻把抽身作很快轉身的意思，如「這個人怎麼抽身不見了」，就是很快地轉身不見的意思。曹雪芹這裡的抽身，是作此解。「只得抽身上床躺著」，就是「只得轉身上床躺著」。我們想想看：「黛玉只當他回房去了，便起來開門，只見寶玉還站在那裡。黛玉反不好意思，不好再關門。」這時兩人面對面，黛玉無話可說，是用「只得抽身上床躺著」好呢？還是只說「上床躺著」好呢？那一個能恰如其分的表現出黛玉的心理與行動呢？曹雪芹是「對用字的習慣每欠明瞭，率爾用了抽身，而不知其不可通」呢？還是他在寫作時，在心靈中確實瞥到他的人物的內外形態而恰如其分地加以表現呢？

由於蘇先生對於曹雪芹的不滿，於是下一個斷語說：

這才知道所謂「八斗才高」的曹雪芹，果然只是一個僅有歪才，並無實學的紈袴子（寶玉常如此自稱），《紅樓夢》也只是一部並未成熟的文藝品。

我不知道蘇先生在這裡用的「實學」二字是什麼意思？歷來的用法，都將「實學」作為經世濟民之學講。如果是這個意思，曹雪芹確實沒有這種學問，不過他也卑視這種學問。如認實學是實際的學問，而認為曹雪芹沒有實學，那就未免太主觀了。護花主人評《紅樓夢》說：「翰墨，則詩詞歌賦，制藝尺牘，爰書戲曲，以及對聯匾額，酒令燈謎，說書笑話，無不精善。技藝，則琴棋書畫，醫卜星相，以及匠作構造，栽種花果，畜養禽魚，鍼黹烹調，巨細無遺。人物，則方正陰邪，貞淫頑善，節烈豪俠，剛強懦弱，以及前代女將，外洋詩女，仙佛鬼怪，尼僧女道，娼妓優伶，黠奴豪僕，盜賊邪魔，醉漢無賴，色色俱有。事蹟，則繁華筵宴，奢縱宣淫，操守貪廉，宴闈儀制，慶弔盛衰，判獄靖寇，以及諷經設壇，貿易鑽營，事事皆全。甚至壽終夭折，暴亡病故，丹戕藥誤，以及自刎被殺，投河跳井，懸梁受逼，吞金服毒，撞階脫精等事，亦件件俱有。可謂包羅萬象，囊括無遺，豈別部小說所能望見項背？」的確，我國整個的文化，他沒有不曉得的，要說他沒有實學，那就不知誰才有實學了？高鶚的續《紅樓》以及對前八十回的整理功勞，不可淹沒；然要知道，高鶚除續後四十回外，他對《紅樓夢》的功勞，也不過是整理的工夫，要因發現幾個錯字（況且這還不是曹雪芹的錯誤），就對曹雪芹的天才「幻滅」而「悲痛」，我勸蘇先生大可不必！

原刊《中國語文》月刊七卷五期

文學批評的基本認識

文學批評的範圍很廣，問題也萬分複雜；我這裡不作廣泛的討論，茲作基本的認識。文學要有作者，同時，也離不開讀者。「文學概論」❶是從作者的創作的立場來分析文學的基本因素與創作手法；「文學批評」是從讀者欣賞的立場來分析文學的基本因素與批評標準。然要建立標準，不能不先瞭解文學，所以這裡所講的，仍然由「文學概論」的理論演繹而來。要將這兩篇講義互相參看，才能真正了解文學，也才能真正批評作品。

我們將文學的要素分為五種：一是作者，二是意識，三是意象，四是表現，五是文字。現在就從這五種要素上來建立文學批評的標準。不過，文字仍得變為意象，始得稱為文學作品，所以關於文字的一部分，已在「文學概論」作一說明，不再討論。這裡只談意識與意象。茲先談意識：

意識有真、偽、廣、狹、久、暫之分，於是作品也有真、偽、廣、狹、久、暫之分。

所謂「真」，就是作者親身經歷或切實了解的情感，就謂之真，否則就謂之偽。然切實了解

❶所謂「文學概論」係指我所創辦的中華文藝函授學校的一門課程，以拙著《文學新論》的第二章〈文學的本質〉作講義。所謂「文學批評」也是該校的一門課程，而以此文作講義。

的情感仍然建築在親身經歷的情感上，所以親身經歷的情感，才是文學上最基本的情感。許多想寫反共抗俄作品的人，根本就沒有見過共匪，更不要說受過共匪的虐待；他為某一目的想寫這類作品，不得不從報紙上、書本上、口頭上收集一些材料，把這些材料用小說的體裁表現出來，就稱之為反共小說；用戲劇的體裁表現出來，就稱之為反共戲劇，然讀的人絲毫感不到趣味。這類作品就是偽，因為他的情感是偽的。文學上所說的真偽，並不是事實的真偽，而是情感的真偽。情感真，虛構的事實可變為真；情感偽，真實的事實可變為偽。比如《三國演義》一書，它幾乎整個改變了歷史的事實，由於它的情感真，讀者反將改變後的事實認以為真。曹操確是一位英雄，現在的人反把他當成奸雄。諸葛亮是一位治世之能臣，現在的人都把他當成呼風喚雨的軍師。周瑜確是一位不世出的將才，現在的人反把他當成度量狹小的庸才。這些都是受了《三國演義》的影響。再如《西遊記》，誰也不會相信有孫悟空、豬八戒這種人，然為什麼他們在讀者的心靈裡那樣生動呢？有人說：文學家是善於說謊的人。這句話，要指作家以表現情感的材料而言，確是如此；然如以作家的情感也是假的，那就錯誤了。只有真實的情感，才能產生真實的作品；作品的真實與否，是指情感的真實與否，並不指作者用以表現情感的材料的真實與否。

不錯，作品的真偽決定於作者情感的真偽；然在我們讀者，怎樣才能知道作者的情感是真或是偽呢？文學的基本要素，就是情感，也就是我們所說的意識，凡作者的情感能以引起讀者的同情而起共鳴的，讀者就認為真；否則，就感不出它的真實性。「同情」與「共鳴」才是作者與讀者間的橋樑，溝通了這座橋，作者與讀者才發生關係；否則，就不發生關係。所以作者當寫作的時候，怎樣將自己的真摯情感引起讀者的同情而與之共鳴也是一件重要的課題。其次再談意識的廣狹。

我們常常遇到親戚朋友，或鄰居陌生的人敘述他的遭遇，在他敘述的時候，涕一把淚一把地真情的流露，而我們聽的人毫無興趣。還有許多作品，作者寫的時候確實是含著眼淚，而讀的人，不但不流同情之淚反而認為他在胡說八道。由此看來，情感就有廣狹之分了。比如一個人他為自己的窮困而負了債，非常的苦悶與煩惱，別人並不苦悶與煩惱；假如他為一個團體的窮困而負了債，這個團體的人們就同樣感出了苦悶與煩惱。再如一個人為了他的私事受了人們的誣衊與陷害，非常的氣憤與不平，人們並不感到氣憤與不平；然為一個團體而被人誣衊與陷害，就激起了這個團體的人們的憤慨與不平。所以一位作家的情感愈能代表大眾的，則引起同情與共鳴的範圍必愈廣；愈自私愈激不出人類的同情；為人類服務的範圍愈廣，激起的同情心必愈廣。有人說：戀愛是人類經驗的開始，因為真正的戀愛就是犧牲，就是時時刻刻替別人著想，換言之，就是跳出了個人自私的範圍而站立在第二個人的身上。青年作家之容易由愛情作品出名者，就由這個緣故。理想愈大，眼光愈遠，愈能為人群服務而犧牲，他所感受的也就是人群所感受的時候，他的作品也就愈能引起人類的同情而起共鳴了。這是意識廣、狹的基本原因。

文學批評上又常常討論作品壽命的久暫問題，有的作品風行一時，不久，就沒有人再喜歡了；有的作品當時不被人注意，年代愈久，它的光輝愈照耀，這是什麼原因呢？我在「文學概論」裡曾說：「一時代有一時代的共同理想，當作家共同奔向這個理想時，有的因意志不堅，一遇困難，就隨風轉舵，結果，有的走了十步八步停止了，有的走了三十步五十步改變了方向，所以他們作品的生命都是短暫的。另有極少數的作家，他們的意志非常堅定，利祿不足以動其心，刀俎不足以挫其性，終身向自己的理想奔馳，他所感受的自然要深刻。他的理想，是一個時代的共同理想，他所感受的也就代表了一個時代的感受，於是他的作品，也就成了一個時代的紀念碑。」如把這段話再加解釋，就知道作品壽命久暫的原因了。

我說：「一時代有一時代的共同理想。」這句話或有人不甚了解，什麼叫「共同理想」？比如我們這個時代的共同理想就是爭自由，爭民主。自由民主的國家，當然是在爭自由，爭民主；共產黨徒也在以「自由」、「平等」作號召，美其名曰「解放」，為爭「平等」，美其名曰「階級革命」，足證「自由」、「平等」是這一時代的共同理想，然而有的囿於個人私利，有的囿於階級利益，有的囿於國家利益，有的囿於民族利益，就產生各種不同的偏見，也就走向各種不同的道路。只有極少數真知灼見的人，加以意志堅強，為真正的自由平等而奮鬥；但是他這種灼見是與他的環境衝突的，愈衝突，他所感受的必愈深，因而他的情感也就代表了這個時代，到這裡，就了解了為什麼在「文學概論」裡我要說：「作者之偉大與否實由作家意識之深厚與否來決定。……他從一個思想路線出發，百折不撓，威武不屈，始終力行，自然他所感受的就比別人感受的真而且摯，他所表現的也就真而且摯，他同時代的人都達不到他的境界，所以顯出了他的偉大。」

為什麼一個作家的感受如能代表一個時代，他的作品就可成為一個時代的紀念碑呢？我想拿運動的競賽作比來解釋這個問題。每次競賽都有前三名的選拔，前三名就代表了這次的競賽。但運動會有市、縣、省、全國、洲際與世界之分。由縣市選出的代表送到省，由省選出的代表送到全國，由全國選出的代表送到洲際，由洲際選出的代表送到世界，在世界運動會裡得到了前三名，才算真正代表了這次的總競賽。這次總競賽的最高紀錄，也就成了標準。第二屆、第三屆再競賽的時候，一定要打破了第一屆的紀錄，才算創下了新紀錄。在運動會稱為新紀錄，在文學的作品，就稱時代的紀念碑。文學作品的選拔，雖沒有正式的機構，如每年舉辦的世界運動會一樣，然選拔的情形大體類似。一部作品的成名，多由作者同時代人的審判，它感動了同時代的人才能流傳。流傳後再經過第二、第三時代的審判，一代一代地這樣審判下去，不能感動人的作品，就被時代遺忘了。運動員是由競賽得到了前三名，他就代表了這一次運動會的成績。作品之被列為時代的代表，也由競賽而得；不過所競賽的是生活，不是運動罷了。時代是在變遷的，人們的情感也在變遷，時代過去了，就不能再產生同類的作品，因而前三名的作品就變成了時代的紀念碑。如《紅樓夢》的時代與我們最為接近，它的時代過去了，想要再產生像《紅樓夢》這樣的作品，根本不可能了。清代的文學作品那末多，然在讀者心目中，如果要推舉一部代表作，《紅樓夢》當選毫無問題，於是《紅樓夢》也就成了那一時代的紀念碑。所以作品壽命的久暫，決定於作品意識的久暫。

知道了文學作品的真偽、廣狹、久暫是建築在意識的真偽、廣狹、久暫的標準上；那末，再談意象的標準。

文學作品都用意象來表現，我在「文學概論」裡曾有詳細的說明：然為加深了解意象計，今再以李清照的〈聲聲慢〉為例：

> 尋尋覓覓，冷冷清清，淒淒慘慘戚戚。乍暖還寒時候，最難將息。三杯兩盞淡酒，怎敵他晚來風急！雁過也，正傷心，卻是舊時相識！　滿地黃花堆積。憔悴損，如今有誰堪摘。守著窗兒獨自，怎生得黑！梧桐更兼細雨，到黃昏點點滴滴。這次第怎一個愁字了得！

以往解釋這闋詞的，都讚美李清照的膽大，竟敢連用十四個雙聲疊韻字。只從音韻上欣賞這幾個字，未免太不會欣賞了。李清照在那一年寫這闋詞我們不得確知，但她同趙明誠結婚後，夫妻情感甚篤，婚後不久就分離了。這闋詞可能是這個期間寫的。我們假想一位新婚乍別的少婦，於秋末日暮的時候，站在窗前，高處望著天，低處瞧著地，聽到南雁歸來的鳴聲，看到滿地菊花的堆積，愁緒萬端，愈理愈亂；用這種心情，就可體會出這首詞的意境。她尋什麼？覓什麼？尋覓與丈夫未別前的各種恩愛。然這只是回憶，只是夢境，猛然回到現實，乃是孤身獨處，自然感到冷清。從外界的冷清獨處，自然產生內心的淒慘愁戚。僅僅十四個字，表現了一位離婦的回憶，由回憶而肉體的感觸，由肉體感觸而產生的心理形態。這是意象，不是文字的聲韻；只從文字的聲韻不會體味出這樣意象的。或許有人要說這種解釋太著實，不空靈；但我們相信：作家如果沒有實際的感觸，只憑空想是寫不出感人的作品的。有了這樣的心理基礎，換言之，就是由這種心理形態作出發點，漸漸就寫到外界的感觸。秋天是最惱人的，最易惹人煩悶不安的，所以接著就寫「乍暖還寒時候，最難將息」。乍暖還寒是寫天氣的寒暖不定，不是指初春的剛暖還寒。如果尋尋覓覓等字不作心理的情態來看，只作音韻的玩弄，那末「乍暖還寒時候」以下各句，也就顯得太突兀了。如此始能看出意象的層次。在這種剪不斷理還亂的愁緒下，本想拿酒來澆愁，誰知風聲愈來愈大，愈加重了愁緒；正在傷心的時候，又聽到歸雁的鳴聲，這歸雁又是曾經相識的；然雁已歸去，而所想念的人還未歸來！李清照寫這闋詞的地點可能是濟南，因為她同趙明誠是在濟南成婚的。在北方雁是春來秋去，因為是春天來的雁，所以說是「舊時相識」。從這樣的心情來讀：「三杯兩盞淡酒，怎敵他晚來風急！雁過也，正傷心，卻是舊時相識！」就可顯明地看出它的意象了。至如下片：「滿地黃花堆積。憔悴損，如今有誰堪摘。守著窗兒獨自，怎生得黑！梧桐更兼細雨，到黃昏點點滴滴。」更是用極顯明的形相來烘托出「愁」的意識，所以她總結一句說：「這次第怎一個愁字了得！」畫龍點睛，活生生的一幅意象顯現在我們的眼前。

在以上的解釋裡，我們時而用形相，時而用意象；形相與意象，到底有什麼區別呢？形相是事物的形相，有某樣的事物，才能有某樣的形相。如這闋詞的「尋尋覓覓」我們可以看出一個人在那裡默然不語，回想以往的形相。「冷冷清清」，一方面是外界氣候的感觸，一方面也是一個人的孤獨的形相。「淒淒慘慘戚戚」是心靈裡感出的悲慘愁苦的形相。再如淡酒、黃花、梧桐、細雨，都是拿這些事物的形相組成一幅整個意象來表現「這次第怎一個愁字了得」的意識。形相是組成意象的基石，而意象是由意識將形相組合後的整體。所以將意象與形相分開的，因為意象是由形相組成的；既由形相組合，這裡就有體裁、結構等的因素在內，也即所謂形式問題。至於意識怎樣決定形式，在拙著《文學新論》第三章裡曾有詳細的論列，暫且不談。

然不管形相也好，意象也好，都是愈明顯愈好。王國維在《人間詞話》裡有一段討論「隔」

與「不隔」的問題，也就是討論顯明不顯明的問題。他說：

向隔與不隔之別。……「池塘生春草」，「空梁落燕泥」等二句妙處唯在不隔，詞亦如是。即以一人一詞論，如歐陽公〈少年遊詠春草〉上半闋云：「闌干十二獨凭春，晴碧遠連雲。二月三月，千里萬里，行色苦愁人。」語語都在目前，便是不隔。至云：「謝家池上，江淹浦畔」則隔矣。白石〈翠樓吟〉：「此地宜有詞仙，擁素雲黃鶴，與君遊戲。玉梯凝望久，嘆芳草萋萋千里。」便是不隔。至「酒祓清愁，花消英氣」則隔矣。……「生年不滿百，常懷千歲憂。晝短苦夜長，何不秉燭遊？」「服食求神仙，多為藥所誤。不如飲美酒，被服紈與素。」寫情如此，方為不隔。「採菊東籬下，悠然見南山。山氣日夕佳，飛鳥相與還。」「天似穹廬，籠蓋四野。天蒼蒼，野茫茫，風吹草低見牛羊。」寫景如此，方為不隔。

「隔」與「不隔」實是意象顯明與否的最好說明。所謂不隔，就是「語語都在目前」，也就是我們所說的「顯明」。鍾嶸的《詩品》序也有同樣的意思說：

至於吟詠性情，亦何貴乎用事？「思君如流水」，既是即目；「高臺多悲風」，亦唯所見；「清晨登隴首」，羌無故實；「明月照積雲」，詎出經史？觀古今聖語，多非補假，皆可直尋。

這裡所說的「即目」，「所見」也就是王國維所說的「語語都在目前」。「羌無故實」，「詎出經史」，就是不用典故。古今中外，流傳下來的著名作品，沒有不是形相逼真，意象顯明的。就由這逼真與顯明與否決定一位作家的藝術造詣的高低。所謂藝術的造詣，就是指作者運用技巧的表現力而言。技巧愈高，換言之，愈能達到顯明的、逼真的形相則表現力愈強，藝術的造詣愈深。然這逼真與顯明的形相，非有真實生活作背景是不能寫出的。

總括以上的檢討，關於文學批評的標準，可得下列四點：

第一、作品的真偽，視作者的意識能否引起讀者的同情與共鳴而定：引起讀者的同情而與之共鳴的就感到真；否則，就感到偽。意識的真偽，是以讀者這方面來說，並不是由作者之認為真偽而定其真偽。然作者的意識如果根本是偽，絕對不能引起讀者的真。

第二、作品讀者的多寡，視作品意識所引起讀者的同情與共鳴的多寡而定，引起讀者的同情而與之共鳴的人愈多，則讀者愈眾。

第三、作品壽命的久、暫，視作品意識的久暫而定。作者的意識愈能代表人類的永久意識，則其壽命愈久。

第四、作者用意象與文字作為媒介來表現他的情感，讀者透過這種媒介而與作者的情感起共鳴，所以這種媒介物是愈顯明，愈直接愈好，就好像讀者在看一幅畫那樣的顯明。然所謂意象是指組合後的整體形相，那末，這裡就包括了體裁、結構的形式問題，因為這些形式都是決定意象顯明的必要因素。

原作中華文藝函授學校講義

怎樣判斷作品的好壞

作品的好壞，有其客觀的標準。這種標準同時也是創作的標準。達到了這種標準的才會成功；否則就是失敗。謹將這種標準列舉於下：

第一、我們拿到一篇作品，一部作品或一部全集，首先看它有沒有主題。有些作品根本不知道說些什麼，東一句，西一句，說它沒有主題，好像有；說它有主題，實在沒有。像這樣主題跳動或主題含糊的作品，根本不能稱為作品。一篇或一部作品是以這樣的標準來看，一個作家的一生作品，也是以這樣的標準來看。有的作家今天主張這個，明天又主張那個，今天捧這個人，明天又捧那個人，他的寫作完全為環境，為勢利，儘管他著作等身，但總結起來，沒有個性；沒有個性的作家，不能稱為作家。我們提起陶淵明是陶淵明，杜甫是杜甫，李白是李白，就由於他們有個性。而個性的形成，就由於他們的終身作品有一個固定主張的緣故。

第二、看它表現力是否集中。假如有了主題，再看他是否集中力量來表現這個主題。有些作品開始把握到主題，可是愈寫愈離題，到最後儘管又回到主題，而思路失掉了方向。我最近看到一篇以母愛為主題的作品，開始寫母愛，其次寫兒子，再次寫兒子的戀愛，再次寫兒子結婚，再次寫兒媳生子，最後的結尾雖然歸結說：這都是母愛的感召力；然兒子的戀愛、結婚、生子與最初寫母愛有什麼關係呢？這就是不能把握主題。短篇如此，長篇也是如此。一部長篇作品裡，不管有多少人物，都是為表現主題而設；假如與主題無關，不如刪掉。這種無關的人物太多就把頭緒弄亂，也就失掉了作品的一貫性。許多長篇作品引不起讀者的興趣或半途看不下去的，就由這種緣故。

第三、看它的情感是否真摯。每種情感都有一連串的事實作背景。比如愛子女，並不是口頭上對兒女多說幾句好聽的話，或多說幾句「愛他們」就算是愛子女，一定要有許許多多事實的表現。這些事實是由一股愛的力量所導致，所以一提到「愛」這種感情，就有許多事實作背景。所謂「真摯的情感」也就是真實的事實。事實真，情感也就真。因此，最好的作品不說一句空洞的情感話，都是事實的表現。只要把事實一件一件地表現出來，也就是真摯的情感的表現。可是初學寫作或對人生不深入的人，在作品裡就充滿了熱烈的，刺激的字句，而實際是一無所有，作品就缺乏真摯感了。要使每一個字，每一句話，都是表現一種明確的意象，而令讀者字字句句都值得玩味，這才算達到了情感真摯的地步。

第四、看它的文字是否洗練。以上的三點都作到了，那末，再看文字是否洗練。洗練文字是作文的起碼工作，而現代作家注意的很少。本來一個字可以表現的，要用兩三個字，一句話可以表現的，要用兩三句，這是現代文學的通病。然所謂洗練，並不是要作古文、用古字把句子造得生硬難讀，而是恰當地把意思表現出來，不多一個字，不多一句話，恰到好處。尤其白話文興起以後，大家以為文章就是說話，把說話的囉嗦帶到文章裡來，使白話文不成其為文章。白話文固由口語而來，一定要經過一番洗練，才可稱為白話文。

第五、看它的修辭是否恰當。每一件事物只有一個最恰當的字句來表現，一定要找到這個最恰當的字句，才算達到了修辭的目的。西洋有「一字主義」，中國有「一字師」，都是在這個最恰當的字上下工夫。往往用字恰當了，然字的地位不恰當，也感到不自然。所以什麼字放在什麼地方，也是應該注意的。要作到沒有一個不恰當的字，沒有一句不恰當的話，修辭的工夫才算作到。

第六、看它的結構是否自然。洗練與修辭的工夫都做到了，最後再看結構是否自然。每件事物都有它自然的結構，要表現這些事物，一定要照著它自然的次序來發展，讀的時候才能感到自然。寫一篇文章或寫一部書，寫到半截往往寫不下去，就由於沒有找到自然的結構。看一篇或一部作品，往往發現層次紛亂，東蹦西跳，也由於作者沒有找到自然的結構。找到自然結構的作品，它的思路如抽絲，如剝繭，一步接一步，一層接一層，一章接一章，使你讀了第一句，一定要讀第二句，讀了第二句，一定要讀第三句，一直到十萬字、二十萬字、百萬字，不論多麼長，毫不讓你感到厭倦。甚至讀完之後，餘興還有未盡。這種結構就叫「天衣無縫」。結構的目的，本在喚醒讀者的注意，提起讀者的興趣；然有些作家，尤其是青年作家，不知從所要表現的事物本身去求結構，而在文字的表面或襲竊別人的結構，往往弄巧反拙，使作品變成了形式。每件事物的組織結構不同，表現的結構就也不同，所以實際講來，沒有一篇文章的結構是相同的。

以上談的，都是判斷作品的起碼標準，這六種標準缺一不可，否則，也就不能稱為作品了。

原作中華文藝函授學校講義

初學寫作的幾個基本步驟

「良好的開始，成功就有了一半。」足證開始的重要；假如開始走錯了，可能終生不會成功；即令成功，也必冤走許多路，此其所以開始的時候，定要慎重從事的緣故。根據這些年來，我在中華文藝函授學校教學的經驗，願意提供一些意見，對學習寫作的青年朋友，或許不無幫助。茲將應該注意之點，分條略舉如下：

第一、要學習口語。在同學的習作裡，我們常常遇到兩種現象：一是似通非通的句子；二是西洋語式的造句。這兩種現象，是學習寫作者最容易犯的毛病；然這兩種毛病去不掉，根本不要談創作。

前一種現象的來源，由於作者從文藝作品裡，尤其從古代作品裡，死記許多詞彙；然對這些詞彙又不甚懂，以致使用的時候，也就似通非通。糾正這種現象的最簡便方法，就是在寫作之前，先將要寫的在嘴裡唸幾遍，感覺人家可以瞭解了再寫下來，否則不要寫；寫下來後，再唸幾遍，看看是否順嘴；假如不順嘴，要改到順嘴，並且要改到十分合乎口語的地步為止。學語體文與學古文不同。學古文要先背幾十篇古文，背得爛熟爛熟，到寫的時候，一方面在寫，一方面還要唸唸有詞，所以要唸的意思就是看合不合古文的語氣。現在所用的既是語體文，語體文是由口語而來，那末，當你寫作的時候，就要看合不合口語。語體文的「自然」與否，就在看合不合口語，愈合口語的就愈感覺「自然」。

既是合乎口語，就不能有西洋語式的造句。西洋語式的造句，由於看慣了翻譯作品，當寫作的時候，也就模仿這樣的語句；可是這種語句，是阻止創作的最大障礙。文學是生活的表現，而生活是創作的淵泉。你有怎樣的生活，就有怎樣的表現方式。生活與表現方式必須一致，才能使人感到自然。你處的是中國環境，生存於中國生活方式之中，而你講話時用西洋語調，就感到不自然。再者，作品的境界是有高低的，境界愈高，愈能代表國民性；也只有愈能代表國民性的作品，才能愈有世界性，等於愈有個性的作品，才能愈有普遍性是一樣的道理。試想：能以代表國民性的作品，而所使用的語句都是異國情調，是不是調和呢？丹丁《神曲》，莎士比亞的戲劇，賽萬提斯的《吉訶德先生》，拉伯雷的《加岡督亞》，以及我國的《水滸傳》、《紅樓夢》、《金瓶梅詞話》等等，沒有不是在當代的口語裡汲取詞彙，摸擬聲調。不如是，不足以表現當代人的生活，當代人的心靈。翻譯的作品儘管多讀，終究不是生活，也不是創作的淵泉。它僅能給你一種啟示，或指示你一種道路，然而真正重要的還在你由這種啟示，這種道路去實踐，去開闢你自己的生活。只有你自己的生活，才能產生你自己的創作，那末，假如用以表現生活的工具根本不一致，能不能恰當地表現你的生活呢？此其所以我講：西洋語式是阻止創作的最大障礙的緣故。這是第一步。

第一步的難關衝破了，第二步要從景物描寫作開始。現在有許多天才家，一開始，就寫了幾部一二十萬字的大著，而且很受讀者歡迎；可是你問他是怎樣成功的，一點也回答不出。他只知道：我想怎樣寫就怎樣寫，作品既受讀者歡迎，也就這樣繼續寫下去。至於為什麼受到讀者歡迎，為什麼達到這樣的成功，絲毫未曾考慮，這是真正所謂「天才作家」。我們希望他的作品真正成功，然不是一般人所應走的正路。要知道：學創作，如同學其他的行業一樣，一定要一步一步，腳踏實地，從頭學起，清清楚楚知道，自己學到了那一階段，達到了那種程度，才有真正成功的希望。否則，盲目摸索，連自己都不知道自己所以成功的原因，就想真正成功，絕對不可能的。一定要像老練的演員一樣，摸到了觀眾的胃口，熟練了自己的表演技巧，每一舉動，每一言談，都能知道在觀眾裡將產生什麼效果，才能算是真正成功。讀者就是觀眾，表現就是技巧，作家也得摸到了讀者的胃口，熟練了自己的表現能力，然後才能博得歡迎；但這種歡迎，是要經過許多磨練，許多教訓才能獲得；不是懵懵懂懂，盲目摸索，就可以收效的。或許有人說：以往作家都是憑天才，沒有什麼寫作訓練，為什麼他們會能成功呢？不錯，憑摸索也可以成功；然而要經過多少艱辛呀！賽萬提斯、巴爾札克、托爾斯泰都是寫了不知多少幼稚的作品，才達到成功呵！不知有多少人就犧牲在這些摸索上！科學方法之可貴，就在減少這些摸索，這些浪費。

然為什麼要從景物描寫開始呢？練習寫作如同練習繪畫一樣，要從景物素描開始。素描的目的有二：一是訓練觀察，二是訓練工具。所謂景物，包括風景、人物與事物。風景、人物與事物是作品的三大要素，作品也就由這三種要素組合而成。基本訓練完成了，當組合作品的時候也就容易。要想作品深刻，第一得會觀察。就拿人類的「手」來說，男人與女人的手不同，農人與工人的手又與一般人的手不同。鋼琴家與打字員的手，又與一般人的手不同。往往因職業與性格的不同，手也不同。假如能夠細心觀察各色人等的手，那末，在你描寫人物的時候，就比籠統的描寫為深刻。觀察了手，再觀察臉，觀察了臉，再觀察姿態，觀察了姿態，再觀察男女，觀察了男女，再觀察各色各樣的人物。這樣，一步一步，一點一滴，對人類社會與自然景物就能逐漸認識，逐漸深入。這種辦法好像很笨，而實際是最切實，最穩妥。即令不能成為大作家，也可以成為小品文作家。否則，開始盲目的亂寫，越摸索，越沒有頭緒，到後來，消失了勇氣的時候，作家夢也就永遠幻滅了。這是第二步。

第二步工作做到了，然後再體驗生活，因為文學是生活的表現。也只有深刻的、廣泛的生活，才能產生偉大的作品。然怎樣才能產生生活呢？由於理想的實踐。舉一個最淺顯的例子來說。比如在開會的時候，你對於一個提案，思考了又思考，認為非如是不能解決問題；及至你將這個提案提出後，受到了有力的反對。可是愈反對，你的自信心愈強，於是雙方起了激烈的爭論；甚至達到了兩不相下的趨勢，你認為對方是無理取鬧，而對方認為你是頑固不化；結果，產生了一種驚人的場面，而在你的生活史上也留下一段不可磨滅的痕跡，這就是生活。可是，假如你根本沒有提案，或提案而未曾深思遠慮，經你提出之後，一遇反對，也就自動撤銷，試問：會不會引起激烈的爭執呢？或是引起了爭執，而你也不堅持你自己的主張，在你的心靈裡會不會留下痕跡呢？會不會有強烈的情感呢？所以生活的產生，由於理想的實踐，理想愈高，實踐愈力，意志愈強，則生活愈豐富，生活愈豐富，則作品愈深刻。凡是生命力最強的，都是最富理想的人；凡是行屍走肉，都是沒有理想的人。

再者，理想愈遠大，愈是脫離了個人的、自私的利益，而為大多數的人謀幸福，愈能代表大多數的理想。一個人既能代表大多數的理想而實踐，那末，他的遭遇、他的感觸也就代表了大多數人的遭遇與感觸，因而，大多數人也就能在他的作品裡發現了「我」而與之共鳴。文學中的情感之有普遍性與永久性的，由此。所以要想有生活，第一先得有理想，有了理想，再加以力行。在此力行中，自然就有情感；而力行，實際也就由一種熱情在支持著。文學中的情感，是由一種理想，一股熱忱，一股毅力，由實踐得來的；不是虛無飄渺，坐待而來的。繼續實踐，繼續有生活；停止實踐，生活也就停止，因而，天才也就完結。

這樣說來，好像太玄遠，不能馬上成為文學家；而實際是最直接的捷徑。試看：只要稍微有成就的作家，那一位不是先有了生活，而後再有作品呢？作品，不是一管筆，一張紙寫出的；而是由理想的實踐得來的。體驗生活是想成為文學家的第三步工作。假如不信，你試去固執你的意見，一固執，一連貫的事件就發生了。愈固執，發生的事件愈多，你的生活也就愈豐富。

所以實踐理想，是產生生活的不二法門。不過文學家與一般人不同的，就是他不但要有生活，而且要表現生活，這「表現」就是他的專長。既然要「表現」，就不能專憑直覺的生活，還要用理智去觀察生活、分析生活、表現生活，此其所以第一、二步先有文字訓練與觀察訓練的緣故。

以上是初學寫作者的三個步驟，這三個步驟，並無必然的邏輯關係，一定要第一步完了，才能起始第二步。茲為行文方便，才這樣寫。讀者將第三步變作第一步，或三個步驟同時並進，均無不可；然這三點是不能忽略的，否則，就無成功的希望。當然，這裡所談的，仍是一種提綱挈領的說法，真正實行起來，還有許多枝節問題；不過，那也只有讀者去實踐時，才能發現。在實踐中發現了問題，我很願意再作討論，深盼同學們共同研究。

原作中華文藝函授學校講義

附錄：導讀

——《文學欣賞的新途徑》

嘉　丹

航空，有導航；海運，有領港；觀光，有導遊；爬山，有嚮導。這些導航員、領港師和導遊工作者，都是大家所常見而熟悉的，也是社會活動中所迫切需要的。可是，奇怪得很，我們讀書，尤其是讀文學作品，卻往往忽略了「導讀」的重要性。

老實講，一般人不管什麼「導讀」不「導讀」的，讀了再說；結果，瞎子摸象，自欺欺人。記得十年前，我讀李辰冬博士的《文學新論》時，為了「意識決定一切」這六個字，反復思考，大鑽其牛角尖，一直追問「意識」從那裡來？回答是：「意識是作者的理想透過實踐後所激出來的情感。」那末，「作者的理想」又從那裡來？回答是：「有公有私，有大有小，有堅定不移的，也有見風轉舵的。」不知為什麼，問歸問，答歸答，始終格格不入，讀者和作者之間好像隔了一層什麼絕緣體，我問得吃力，他答得不耐煩，不通就是不通。十年後的今天，我再細讀李教授這本《文學欣賞的新途徑》——「文學不能單獨的存在，它的形成是由於政治、經濟、社會、宗教、教育、道德種種因素，假如把這些因素都去掉，除文字上的韻律與形式外，我不知道文學還剩了什麼？所以要談文學，一定要追究一個民族的整個文化。」以及「換句話說，就是一個民族的文化先影響了作者，由作者產生文學……作者受某種文化的影響，也就產生某種文學。」真是妙極了，原來讀不懂的，現在懂了，這完全是「導讀」的效果。過去，「意識決定一切」對我來講，好像剛買到一幢新房子，卻發現不得其門而入，我的苦惱可想而知。現在讀了這短短的兩段話，等於給我找到了一把鑰匙，很容易的便打開了《文學新論》的大門；雖然，我還不能盡窺其中的堂奧，但我至少與作者的「意識」已經有了若干共鳴，不再那麼格格不入了。真是妙極了，苦惱變成了快樂。

什麼叫做「導讀」呢？正確的答案，就是這本《文學欣賞的新途徑》。李教授說得好，文學研究的目的，在引導讀者深入到作者的心靈，而對他的作品有所欣賞。欣賞與了解不同，了解只是文字意義的知曉，只是知識的滿足；而欣賞純屬心靈的享受，使你得到精神上的鼓舞、安慰與溫暖。

不過「導讀」的功夫也並不簡單，因為文學是生活的反映，是人生的表現；是一種極複雜、極精密、極關聯的有機體。要想透視一部偉大的文學作品，必須作綜合的研究，你有多少學問都可以用得上，多多益善。換句話說，研究文學作品，光用歷史的眼光，或社會政治學的知識都嫌不夠，其結果不是隔靴搔癢，就是顧此失彼，矛盾百出。那麼，究竟要怎麼樣研究呢？李教授說，你要把文學的作者當作一種「水晶體」來看，他吸收了外界的光，而又放光於外界。你不要放鬆他生命的過程和心路的歷險，不管他吸收也好，放射也好，你選定標向，動員你所知道的考證、訓詁、音韻、人類、民族、地質、氣象、經濟、政治、軍事、道德、宗教、心理、科學、遺傳、哲學、美學以及心理分析等等，始終環繞著作者不放，然後，你就可以發現文學的真面目了。

現在，我們才明白李教授的「導讀」觀念是整體的，是牽一髮而動全身的。他的《文學欣賞的新途徑》有二：一是「作品繫年」；一是「作品分期比較」。前者是顯微鏡，後者是望遠鏡；既見樹木又見森林。他對歌謠、詠懷、傳奇、到平話各期文學的批判，其深刻有力，如米開蘭基羅，其雄渾偉大似巴合。李教授有一把「意識流」的利斧，對準著文學本身的「紋理」，一路劈入到「作品」的核心，把一切攀附在樹皮上的「保護色」苔蘚和綴滿的籐蔓，一斧一斧地劈開得老遠老遠，讓你清清楚楚的看到了文學的「紋理」是多麼的瑰麗而又神奇！有些人拿一把小刀，小心翼翼地去挑撥那苔蘚和籐蔓，閉著眼睛說：「溫柔敦厚，詩教也。」李教授揮一下「意識流」的利斧：「不對，賦才是溫柔敦厚的東西，《詩經》是最坦白，最真誠，最赤裸的自由談。」別人說：「《三國演義》的作者羅貫中只是陋儒，不是有天才的文學家，也不是高超的思想家。只會搜羅一切竹頭木屑，破銅爛鐵，又不肯遺漏，不會剪裁，故此書不成為文學的作品。」他駁詰：「敢於推翻歷史，敢於反抗時代，敢於依據自己的情感而重新創造一個完整的、動人的新天地，能說他不是有天才的文學家麼？敢於反抗當時的黑暗政治，而重新創造了一個光明的、富於理想的、生氣勃勃的帝國，能說他不是高超的思想家麼？」由於李教授「導讀」的功夫貫注在「作者」的「意識」之中，所以他才能發現別人所不能發現的經過「移情作用」或調整「時空距離」後的「真文學」。他是先研究「作者」的生平個性，再延伸到「作者」所處的「時代背景」；由縱到橫，由表到裡，以及於縱橫交會，表裡合一，而後指出《西遊記》、《水滸傳》、《儒林外史》、《鏡花緣》、《老殘遊記》的價值所在；同時更進一步的說明了我國數千年來的文學作者始終是一種人——這種人就是不得志的英雄好漢、豪俠之士。李教授認定：吳承恩是抱著滿腹的不平，滿腹憂國憂民之感來寫《西遊記》的，他「胸中磨捐斬邪刀，欲起平之恨無力」，說：「如果不能噙著眼淚來讀《西遊記》，是不會欣賞到它的真正價值的。」說：「吳敬梓雖有服飾的華麗，仍解決不了心頭的苦悶，他看不慣當代『時文士』的勢利無恥，《儒林外史》真是忠實的報導。」說：「李汝珍的《鏡花緣》也是另一種的《官場現形記》。」至於《老殘遊記》的劉鶚，更是既傷心又憤怒，面對著國家的殘局，感傷自己年紀的老邁，只好用哭泣來抒展胸中的積悒！李教授肯定前代作家們的人格和理想的尊嚴，就等於傳播了中華文化的光與熱，可以增加現代中國人奮發圖強的勇氣，他的功勞在此，他的貢獻也在此。

二十年來，李教授從「意識」的標向研究《詩經》，發現尹吉甫是《詩經》的作者，這是一件了不起的大事。我以為真正了不起的還是他的「研究方法」而非發現「尹吉甫」這個事實。我們知道美國人登上月球，使整個人類在宇宙中的視野無限量地開闊了起來，偉大的是美國人發明了阿波羅太空船，其價值和意義在太空船及其太空人而非凸凹不平的月球；人類有了太空船，可以越過月球、火星、以至於銀河星雲之外的新天地；同理，我們有了李教授的「導讀」方法，也可以通過《詩經》之路而奔向古今中外文學的新領域。李教授用二十年的時間很辛苦的寫了八十萬字發掘歷史上被遺忘的天才，固然是他個人值得慶幸的一件事——「尹吉甫」是屬於他的了；然而，更值得我們尊崇的還是他的研究方法，因為它已經成為我們大家所擁有的共同的文化資產；問題在你如何去繼承它？以及你有沒有足夠的「博學」和專業精神去發揮它？

總之，李辰冬博士的「意識流」的「導讀」方法，確已在我們的心靈王國中建立了它不朽的軌道，順著這軌道，我們便可以馳騁在新文學的天地裡，邁向新的里程，奔赴新的境界。

附錄：談《文學欣賞的新途徑》

東郭牙

「欣賞」一詞，大家說得「滾瓜爛熟」，用得「不計其數」，而且還有以之取作團體名稱，如「國劇欣賞委員會」，「兒童國劇欣賞會」之類。你也欣賞，我也欣賞，到底怎麼欣賞？恐怕這兩個「欣賞」會的會員們，有些人也說不出「所以然」。

此詞用得最普通的是對人的「看法」，如說：「某人對你很欣賞。」或說：「我對於某人不欣賞。」這是常常可以聽到的。據此，「欣賞」的意義，似是「看得起」，或者是「了解」。

我曾在《辭海》中查考「欣賞」一詞的解釋，可是沒有，為什麼《辭海》不搜入此詞呢？是因它乃俗語白話，無出處典故麼？是又不然，如晉代陶潛（淵明）就用入詩中，在《昭明文選》上陶潛〈移居〉詩，便有「奇文共欣賞」一句，而且這句話今人用得最多，何以《辭海》不錄呢？可謂怪事。

不但用「欣賞」以名團體，而且有用「欣賞」以名書籍，如坊間便有《唐詩三百首》一書，附錄李清照、朱淑貞、魚玄機、花蕊夫人……賦詩詞箋贊「欣賞」。

這樣普通慣用的詞句，還用得著再解釋嗎？然而不然，如李辰冬博士（他是法國巴黎大學文學博士）就對於「欣賞」一詞另有深入的解釋。

最近他搜集自己作的十八篇關於文學的論文，定名《文學欣賞的新途徑》出了單行本，〈自序〉中說：「為什麼稱這裡的十幾篇論文為《文學欣賞的新途徑》呢？因為欣賞與了解不同，了解僅是字面意義的知曉，而欣賞則要透過文字的意義追究出作者的意識而與之共鳴；要與作者的意識起了共鳴始可謂之欣賞。」

於此，我們對「欣賞」一詞這種深入解釋，與陶潛詩的「奇文共欣賞」一語比較，李氏之說，是否陶潛原意？便可以知曉了。

李氏〈自序〉又說：「追究作者的意識而與之共鳴，前賢似未走過，故稱之為『新』……『新』的是否應該，尚乞讀者指正！」

如此說來，那末，陶潛所謂「奇文共欣賞」之欣賞，也未「走」過這一條「追究出作者的意識而與之共鳴」的途徑了。

欣賞文學要「追究作者的意識而與之共鳴」這的確是「新」的途徑，我以為是「應該」的。換句話說，李博士這種見解與作風，我是贊成而接受的，理由如下：首先我們要明白他所說的「意識」是什麼？據他給「意識」下的「定義」是「理想透過實踐後所激出的情感」。凡是古今中外的文學名著，其作者必然有這種「意識」，乃毫無疑義的。所以我們只要具備了足夠「追究作者的意識」的學問與經驗，自然能夠透過文字的意義追究出作者的意識，也就能夠與之共鳴了。

與作者的意識共鳴，便是與作者有了「同感」，即是作者所感之憂樂，亦為讀者所感之憂樂，如此，作者作品所「寫」出的憂樂，亦為讀者所「看」出的憂樂，這樣才稱之為「欣賞」。再說明白一點兒，就是欣賞文學，要知道它的「精神」，不僅是知道它的「皮毛」。這或者就是李氏之所謂「新途徑」了。

「不求甚解」的人，不能真正欣賞文學。不「追究作者的意識」的人，也算不得真正欣賞文學，現在有了李氏這種欣賞文學新途徑，給愛好文學而從事欣賞者，有所趨向，有所適從。有志之士，無妨披覽一次《文學欣賞的新途徑》，以證我前面說的「贊成與接受」是否有當了。

在此書中，他「欣賞」過的名著，計有：杜詩（杜工部的〈述懷〉及〈喜達行在所〉）、曹賦（〈曹子建洛神賦的意義〉）、《三國演義》、《儒林外史》、《西遊記》、《鏡花緣》、《老殘遊記》與《紅樓夢》，皆為「透過文字的意義追究出作者的意識而與之共鳴」之作。真是發人之所未發，言人之所未言的「新」欣賞「心得」。

其間，我最「欣賞」那一篇〈關於紅樓夢原本問題〉。是與蘇雪林先生答辯的文章，不卑不亢，不溫不火，乃純學術的討論。是就固執其是、錯就坦陳其錯，正是有接受批評的雅量的學者風度，值得人們效法。

詩經研讀指導

裴普賢／著

本書為裴教授指導學生研讀《詩經》的專著，乃其講授《詩經》積十年之經驗所寫成。舉凡研讀《詩經》之目的與方法，研讀詩經應有知識之具備，均有精確之說解。而於《詩經》的時、地、字、詞、詩旨、作者以及名物等各方面的探討，亦均有範作以示例。其中，詩經研讀法及六義之興義發展的探討，深具價值，實屬《詩經》導讀佳構，亦為不可多得之一本《詩經》學的著作。

宋代園林及其生活文化

侯迺慧／著

本書以宋人詩文為主要依據，透過對詩文整理、解讀和分析，證以其他史籍地志、筆記叢談的記述，加以作者親身的山居園遊體驗，探討宋代園林——中國園林史上進入高峰的藝術成就，以及園林生活內容和文化意涵。

唐人小說——閑觀傳奇話古今

柯金木／著

本書共分為五個單元，收錄十四篇唐人小說，各篇均有導讀、正文、眉批、注釋、譯文、析評、問題與討論等七個部分，作為基本閱讀、研習的依據。本書的內容編排，特別重視即知即用，除了多向互動的學習觀點，引導讀者思考，更有個別獨立的章旨討論、網絡串聯的單元分析表，可激發閱讀興趣、效益，讀者不妨多加留意。

西遊記與中國古代政治

薩孟武／著

薩先生利用《西遊記》之材料說明政治的原理及中國古代之政治現象。據薩先生之意，政治不過「力」而已，要防止「力」之濫用，必須用「法」。如唐僧之用緊箍兒控制孫行者一樣，但唐僧能夠控制孫行者，孫行者無法控制唐僧之亂念咒語，於是許多問題就由此發生。薩先生依此見解，指出權力制衡的主張，凡研究政治者，本書實為良好參考書。

國家圖書館出版品預行編目資料

文學欣賞的新途徑／李辰冬著.——三版一刷.——臺北市：三民，2022
面；　公分.——（文苑叢書）

ISBN 978-957-14-7557-8（平裝）
1. 中國文學 2. 文學評論

820.7　　111017004

文苑

文學欣賞的新途徑

作　者｜李辰冬
發行人｜劉振強
出版者｜三民書局股份有限公司
地　址｜臺北市復興北路 386 號 (復北門市)
臺北市重慶南路一段 61 號 (重南門市)
電　話｜(02)25006600
網　址｜三民網路書店 https://www.sanmin.com.tw

出版日期｜初版一刷 1970 年 7 月
二版一刷 2015 年 8 月
三版一刷 2022 年 11 月
書籍編號｜S810070
ISBN｜978-957-14-7557-8